KB147931

시를 사랑하는 동안
별은 빛나고

시를 사랑하는 동안 별은 빛나고

초판발행일 | 2021년 11월 11일

지은이 | 문현미
펴낸곳 | 도서출판 황금알
펴낸이 | 金永馥

주간 | 김영탁
편집실장 | 조경숙
인쇄제작 | 칼라박스
주소 | 03088 서울시 종로구 이화장2길 29-3, 104호(동숭동)
전화 | 02) 2275-9171
팩스 | 02) 2275-9172
이메일 | tibet21@hanmail.net
홈페이지 | http://goldegg21.com
출판등록 | 2003년 03월 26일 (제300-2003-230호)

값은 뒤표지에 있습니다.

ISBN 979-11-6815-005-8-03810

문현미 명시칼럼

시를 사랑하는 동안
별은 빛나고

황금알

* 이 책은 2016년 9월부터 기독교한국신문에서
4년간 연재한 원고를 중심으로 집필했다.

별이 있어서
지구 마을이 반짝입니다

시를 사랑하는 동안
별은 더욱 빛나고

빛으로 오신 그분에게
시를 읽는 따뜻한 그대에게

공손히 두 손 모으고
이 책을 바칩니다

2021년 가을
문 현 미

차 례

하나님

강우식(1942~)

아내를 사랑할 때는 당신을 찾지 않습니다.

아내를 잃으니 하늘에 닿는 슬픔에 당신을 부릅
니다.

****

　사람은 무언가에 몰두해 있거나 어떤 대상에 빠져 있을 때는 자신의 내면이 가득 차올라서 그것 외 다른 것에는 관심을 기울이지 않는다. 탐닉의 대상 혹은 사랑과 연민의 대상을 잃었을 때, 비탄에 빠지거나 절망감으로 인해 중심을 잃게 되곤 한다. 한동안 그런 감정의 소용돌이 속에서 헤매겠지만 때에 따라서는 절대자를 찾기도 한다. 특히 자신이든 가족이든 죽음의 그림자가 가까이 다가옴을 느끼면, 인간의 유한성을 자각하고 전지전능하신 분의 존재를 깨닫게된다.

　시인은 직설적으로 시의 제목을 '하나님'으로 명시하고 있다. 이렇게 분명하게 하나님을 제목으로 정하고 완성된 시는 아주 드물다. 더는 해석이나 유추의 여지가 없는 제목이기에 독자의 상상력은 배제된다. 하지만 1연 2행으로 구성된 짧은 시를 읽으면서 제목은 명시적이지만, 시의 본문은 구체성을 확보하면서도 시의 중요한 특징인 비유의 원리를 잘 적용하고 있음을 감지한다.

　이 시를 짓게 된 동기는 아내를 잃은 슬픔이다. 앞과 뒤의 두 행을 대구법으로 배치함으로써, 사랑할 때와 사랑을 잃었을 때의 상황이 확연히 대비된다. 시인이 직접 겪은 가슴 아픈 이별의 경험을 바탕으로 '당신'이라는 절대자를 찾고 부르게 된다는 걸 진솔하게 토로함으로써, 독자는 잊었던 소중한 진실 앞에 서게 된다. 그래서 언제 '당신'이라는 오직 한 분을 찾게 되느냐 하는 질문을 스스로에게 던지게 된다.

　시의 본문에서 '아내'는 화자의 아내이기도 하지만 나의 아내일 수도 있고 가족도 될 수가 있다. 혹은 진정 사랑하는 그 무엇일 수도 있겠다. 어떤 슬픔이 정말 슬픈 슬픔일까. 슬픔의 강도가 저마다 다르겠지만, 시에서 표현된 대로 '하늘에 닿는 슬픔'이 가장 큰 슬픔, 이루 말로 다 할 수 없는 슬픔이리라. 이 시는 지극히 단순한 시어들로 구성된 작품이다. 그러나 진리나 진실을 전하는 시에서는 미학적 수사를 되도록 배제하고 전하고자 하는 내용을 신중하게 배치함으로써 깊은 울림을 줄 수 있다. 담백한 시 한 편으로 절대자 앞에 설 수 있는 귀한 기회를 맞이한다.

참 예쁜 발

고두현(1963~)

우예 그리 똑같노.

하모, 닮았다 소리 많이 듣제.
바깥 추운데 옛날 생각나나.
여즉 새각시 같네 그랴.

기억 왔다 갔다 할 때마다
아들 오빠 아저씨 되어
말벗 해드리다가 콧등 뜨거워지는 오후
링거 줄로 뜨개질을 하겠다고
떼쓰던 어머니, 누우신 뒤 처음으로
편안히 주무시네.

정신 맑던 시절
한 번도 제대로 뻗어보지 못한 두 다리
가지런하게 펴고 무슨 꿈 꾸시는지
담요 위에 얌전하게 놓인 두 발
옛집 마당 분꽃보다 더
희고 곱네, 병실이 환해지네.

****

세상에서 가장 아름다운 말이 무엇일까? 영어 단어 설문조사 결과 1위가 어머니, 2위가 열정, 3위가 미소, 4위가 사랑이라고 한다. 아기는 열 달간 어머니 뱃속에 머무르면서 어머니와 밀착된 상태에서 사랑을 느끼고 말을 배우기 시작한다. 태어나서는 어머니 품에서 줄곧 그런 체험을 하게 된다. 그만큼 어머니는 우리 모두에게 절대적 존재이고 어머니에 대한 기억은 삶에 대한 근원적 힘이 된다.

이 시는 시인이 어머니와의 각별한 체험을 바탕으로 완성한 작품이다. 시의 초반 1, 2연은 투박한 사투리로 구성되어 있다. 누가 한 말인지 다음 연을 읽으면 알 수 있다. 평소 어머니께서 하신 말씀을 시에 옮긴 것이다. 시적 화자인 아들은 어머니를 간호하면서 "아들 오빠 아저씨 되어/ 말벗 해드리는" 역할을 한다. 아들이 그렇게 어머니를 간호하다 보니 "콧등 뜨거워지는" 감정을 느낀 것이다. 치매 환자를 돌보기가 무척 힘들다는 건 익히 알려져 있다. 이어지는 다음 행 "링거 줄로 뜨개질을 하겠다고/ 떼쓰던 어머니"를 보면 분명해진다. 한참 떼를 쓰시던 어머니께서 잠이 드신 후, 아들은 치매 걸리시기 전의 어머니를 떠 올린다. 시적 화자의 어머니께서 얼마나 치열하게 생을 사셨는지 "한 번도 제대로 뻗어보지 못한 두 다리"라는 표현에서 짐작한다.

편안히 주무시는 어머니의 발을 바라보는 시인의 시선이 참 따뜻하다. 세월의 모진 풍상이 서린 주름진 발이 틀림없을 텐데 그는 "옛집 마당 분꽃보다 더/ 희고 곱"다고 한다. 그래서 "병실이 환해지"는 걸 느끼니 효심이 지극한 아들이다. 시 전반에 흐르는 삶에 대한 긍정적 인식으로 독자는 잊고 있던 가족의 소중함, 특히 모자지간의 정을 다시 생각해 보게 된다. 아늑하고 포근한 시어들을 미학적으로 잘 배치한 시가 닫힌 마음을 열어 주고 끊어진 것을 이어준다. 절실한 경험을 바탕으로 빚어낸 시가 어머니에 대한 기억의 무늬들을 아름답게 채색하고 있다. 삶에 대한 시인의 깊은 성찰로 사람다운 향기가 무엇인지 되새겨 본다.

첫 봄나물

고재종

얼어붙었던 흙이 풀리는 이월 중순
양지바른 비탈언덕에 눈뜨는 생명 있다
아직도 메마른 잔디 사이로
하얀색 조그만 꽃을 피운 냉이와
다닥다닥 노란색 꽃을 피운 꽃다지와
자주색 동그란 꽃을 층층이 매단 광대나물
저 작은 봄나물들이 첫봄으로 푸르다
저 작은 것들이 지난 가을 싹을 틔워
몇 장의 작은 잎으로 땅에 찰싹 붙어
그 모진 삭풍의 겨울을 살아 넘기고
저렇듯 제일 먼저 봄볕을 끌어모은다
저렇듯 제일 먼저 봄처녀 설레게 한다
냉이 꽃다지 광대나물, 그 크기 워낙 작지만
세상의 하많은 것들이 제 큰 키를 꺾여도
작아서 큰 노여움으로 겨울을 딛고
이 땅의 첫봄을 가져오는 위대함의 뿌리들.

****

영하 20도를 오르내리던 강추위가 지나갔다. 입춘도 벌써 지나갔고 설도 지나갔으니 이제 곧 봄이 오리라. 마음은 먼저 봄을 기다리는데 여전히 바람은 볼을 때리고 바깥은 냉기가 싸악 감돈다. 그래도 시인은 이맘때 즈음이면 '눈뜨는 생명'이 있다고 한다. 아직 땅이 녹지 않아서 저런 곳에서 어떻게 꽃이 필까 싶지만, 시인의 눈은 이미 언 땅에 머무른다. 시인은 사람들이 눈길을 잘 주지 않는 작은 생명들에게 관심과 사랑을 기울인다.

시의 제목이 시선을 붙드는 '첫 봄나물'이다. '첫'과 '봄나물'이 만나 설렘과 약동을 불러일으킨다. 봄나물은 비록 볼품없어 보이지만 봄을 알리는 전령사 역할을 한다. 이 시는 소박한 작은 것들을 소재로 생명의 소중함과 그것의 근원이 되는 뿌리의 위대함을 노래하고 있다.

"저 작은 봄나물들이 첫봄으로 푸르다"는 시행을 통하여 시를 읽는 독자들의 마음도 어느새 푸르러진다. 봄의 기운을 받아 눈을 뜨고 기지개를 켜는 것이다. 작은 것들이 "몇장의 작은 잎으로 땅에 찰싹 붙어/ 그 모진 삭풍의 겨울을 살아 넘기"는 끈질긴 생명력으로 인하여 "저렇듯 제일 먼저 봄볕을 끌어모"으게 되고 "저렇듯 제일 먼저 봄처녀 설레게"하는 봄의 신선한 질감과 리듬을 느끼게 한다.

전반적으로 시상이 감각적으로 생동감 있게 전개되면서 만물이 소생하는 활기찬 봄의 이미지를 잘 전달하고 있다. "세상의 하많은 것들이 제 큰 키를 꺾여도/ 작아서 큰 노여움으로 겨울을 딛고"라는 탁월한 문학적 수사가 이 시의 마지막 견인차 역할을 하면서 긴장미를 살려낸다. 머지않아 봄바람이 불고 메마른 나뭇가지에 싹들이 앞다투어 돋아날 것이다. 봄은 소리로도 오고, 빛으로도 온다. '첫 봄나물' 시를 읽고 나니 입안에 봄맛이 감돈다. 산뜻한 시가 잠자는 감각을 일깨워 온몸에 움이 트는 것 같다. 봄을 캐러 아지랑이 아른거리는 들녘에 가야겠다.

놀란 강

공광규(1960~)

강물은 몸에
하늘과 구름과 산과 초목을 탁본하는데
모래밭은 몸에
물의 겸손을 지문으로 남기는데
새들은 지문 위에
발자국 낙관을 마구 찍어대는데
사람도 가서 발자국 낙관을
꾹꾹 찍고 돌아오는데
그래서 강은 수천 리 화선지인데
수만 리 비단인데
해와 달과 구름과 새들이
얼굴을 고치며 가는 수억 장 거울인데
갈대들이 하루 종일 시를 쓰는
수십억 장 원고지인데
그걸 어쩌겠다고?
쇠붙이와 기계소리에 놀라서
파랗게 질린 강

****

사람의 가슴에 강물이 흐른다. 은혜의 강물이 흐르기도 하고 슬픔의 강물이 흐르기도 한다. 때로는 분노의 강물이나 인내의 강물이 흐르기도 한다. 그런데 강도 사람처럼 감정을 지니고 있어서 슬프기도 하고 기쁘기도 하며 심지어 놀라기까지 한다. 강이 놀라니 시를 읽는 독자도 덩달아 놀란다. 이렇게 시인은 무생물을 사람에 비유하여 의인화하는 능력을 지니고 있다.

강이 길다, 맑다, 넓다든지 있는 그대로 서술하는 것은 표현이라고 할 수 없다. 물론 시상 전개 과정에서 그렇게 서술하기도 하고 문학적인 형상화를 위해 다양한 수사적 방법을 동원하기도 한다. 그러면 강물이 어떻게 달라지는지 한 번 살펴보자. 강물이 사람으로 형상화되어 그 "몸에 있는 그대로의 자연, 즉 하늘과 구름과 산과 초목을 탁본"한다. 탁본은 나무나 금석 등에 새긴 문자와 부조를 종이에 모양을 뜬 것이다. 시에서는 강이 스스로 탁본을 하고 있다. 하지만 강이 직접한다기보다는 저절로 이루어지고 있는 것인데, 시인이 상상함으로써 이런 아름다운 표현이 탄생한다. 상상은 점차 확대되어 모래밭이 자기 몸에 "물의 겸손을 지문으로 남기"기도 하고, 새들마저 그 지문 위에 "발자국 낙관"을 찍기도 한다. 강과 하늘과 구름, 모래밭과 새들도 여기에 사람까지 동참하여 함께 멋진 노래를 부른다.

시의 중반부에 이르면 강이 다시 새롭게 변주된다. 강이
화선지에서 비단으로 다시 거울이 되다가 나중에는 "갈대
들이 하루 종일 시를 쓰는" 원고지가 된다. 참신한 발상과
탁월한 시행 배치로 인하여 강과 모래밭과 새와 갈대가 예
술가의 자질을 한껏 발휘한다. 그런데 시의 후반부에서 놀
라운 반전이 일어난다. 서정적 시상 전개를 막는 도전적 시
행 "그걸 어쩌겠다고?"가 나타난다. 그 이유는 "쇠붙이와
기계소리"에 놀라서 "강이 파랗게 질"리기 때문이다. 발전
이라는 명목하에 자연을 무분별하게 훼손하고 파괴하는 현
상을 에둘러 비판한 시로 인해 눈부신 전율이 일어난다.

그날

곽효환(1967~)

그날, 텔레비전 앞에서 늦은 저녁을 먹다가
울컥 울음이 터졌다

멈출 수 없어 그냥 두었다
오랫동안 오늘 이전과 이후의 일만 있을 것 같아
밤새 잠을 이루지 못했다

그 밤, 다시 견디는 힘을 배우기로 했다

****

그날이 어떤 날일까. 모두에게 각인된 역사의 그날일 수도 있고 개인사와 얽힌 그날일 수도 있다. 시의 제목에서 비롯된 호기심이 시를 다 읽는 순간까지 지속된다. 그날이라는 상징성이 어렴풋이 느껴지기만 할 뿐이다. 직접적으로 설명하거나 사실적 묘사를 한 시에서는 상상력이 잘 작동하지 않는다. 그런데 이 시는 수수께끼를 풀 듯 시를 읽는 묘미가 있다. 제목 '그날'에서 비롯된 관심의 환기와 더불어 행과 연의 의미와 행간의 숨은 의미를 찾아내는 과정으로 인해 긴장이 동반된다. 편안하게 시를 읽는 즐거움도 있지만 모호한 시 속의 비의를 캐는 기쁨도 있는 것이다.

시적 화자는 늦은 저녁을 먹으며 TV를 보다가 "울컥 울음이 터졌다"고 한다. 애매한 '그날'에 비해 화자는 감정을 매우 직접적으로 표출하고 그런 감정의 소용돌이는 계속된다. 얼마나 충격적인 사건이었기에 제방이 터지듯 울음의 둑이 무너진 것일까. 하여 '그날'은 시적 화자의 개인사에 큰 획을 그은 날이 된다. "오랫동안 오늘 이전과 이후의 일만 있을 것" 같은 느낌이 들어 결국 "밤새 잠을 이루지 못"할 만큼 화자의 기억 속에 깊이 뿌리 박힌다.

만일 이 시가 2연에서 끝났다면 감정의 과잉 상태로 서정적 절제의 결핍을 초래했을 것이다. 그러나 신선한 반전이 기다리고 있다. 마지막 연에서 화자는 "그 밤, 다시 견디는 힘을 배우기로" 한 것이다. 감정의 높은 파고 뒤에 남는 고독이나 허무가 아니라, 오히려 극복을 암시하는 "다시 견디는 힘"으로 인해 긍정적 여운이 남는다.

타자와의 관계에서 끝없이 흔들리는 무수한 '나'는 그런 '타자' 때문에 역설적으로 단단한 내면을 지닌 '나'를 만나게 된다. '그날'이 구체적으로 어떤 날인지 알 수 없다. 다만 독자들은 누군가의 억울한 죽음, 뼈아픈 이별, 뜻밖의 재난 등을 짐작할 것이다. 이토록 슬픈 감정의 비등을 밤새 겪으며 견디는 힘을 체득한 화자! 그를 통해 어떤 절망적 상황도 극복할 수 있다는 견고한 감정에 몰입하게 된다. 그래서 시가 좋은 에너지를 준다는 것을 새삼 절감한다.

작은 평화

권달웅(1944~)

어항 앞에 있으면
우리도 평화롭게 노니는
금붕어가 된다.
화려한 말보다는
아주 작은 말로
사랑하는 마음을 보면
우리도 행복하게 된다.
믿음이 있는 말을 주고받는
정직한 세상에서
우리도 살고 싶다.
금빛 지느러미처럼
아름답고 밝은 마음으로
미움 없이 입 맞추며
우리도 살고 싶다.

****

오랜만에 평화라는 단어와 마주한다. 매우 긍정적인 의미를 지닌 단어이다. 평화라는 단어를 몇 번 되풀이 하면 어쩐지 마음이 평온해지는 것 같다. 우리는 언제 평화로운 마음을 느낄 수 있을까. 바쁘게 살다 보니 어떤 게 평화인지 깊이 생각해 본 적이 거의 없다. 4차산업혁명의 거센 물결과 더불어 들이닥친 코로나19로 지구촌 전체가 고립된 생활 속에 갇히게 되었다. 따라서 삶의 반경이 무척 제한적으로 바뀌었고, 사람들의 내면에는 불안과 두려움이 깃들게 된 것이다.

밖으로 마음 편히 다닐 수 없는 환경이므로 주로 집안에서 지내거나 사이버 공간에서 시간을 보내는 경우가 많다. 시의 제목처럼 "작은 평화"가 그립고, 그전에는 잘 몰랐던 평범한 일상이 소중하게 느껴지기 때문이다. 시를 읽어 보면 시적 화자의 시선이 어항 앞에 닿아 있다. 어항 속 금붕어들이 자유롭게 놀고 있다. 그런 모습을 보면서 "평화롭게 노니는 금붕어"가 된다고 한다. 즉 금붕어처럼 그렇게 지내고 싶은 마음이 투영된 것이리라. 시인은 또 "아주 작은 말로/ 사랑하는 마음을 보면" 행복해진다고 한다. 행복은 멀리 있는 게 아니다. 가까운 곳, 지극히 평범한 나날 속에서 찾을 수 있다.

시의 중반부로 가면 수동적 자세로 임하던 화자가 능동적으로 바뀐다. 그전까지는 "~된다"라는 수동형으로 표현하다가 직접 자신의 바람을 드러낸다. "믿음이 있는 말을 주고받는/ 정직한 세상에서" 살고 싶다고 한다. 알맹이 없는 헛말, 진실의 탈을 쓴 거짓말, 쓸데없는 군말들이 난무하는 세상이다. 그래서 더욱이 "믿음이 있는 말"이 간절한 것이다. 마지막에 화자는 "금빛 지느러미처럼/ 아름답고 밝은 마음으로" 살고 싶다고 한다. 시에서 "우리도 살고 싶다"는 시행을 연거푸 반복함으로써 그런 의지를 분명하게 표출한다. 시 전체에 "평화, 사랑, 행복, 믿음, 정직, 아름다움, 밝음"과 같은 긍정적 의미의 시어들이 지배적이다. 그만큼 평화로운 세상에 대한 절절한 그리움이 내재되어 있다. 작은 평화는 "아주 작은 말"과 "믿음이 있는 말"에서 가능할 것이다. 잠언 같은 시가 작은 위안을 준다.

햇빛이 말을 걸다

권대웅(1962~)

길을 걷는데
햇빛이 이마를 툭 건드린다
봄이야
그 말을 하나 하려고
수백 광년을 달려온 빛 하나가
내 이마를 건드리며 떨어진 것이다

나무 한 잎 피우려고
잠든 꽃잎의 눈꺼풀 깨우려고
지상에 내려오는 햇빛들
나에게 사명을 다하며 떨어진 햇빛을 보다가
문득 나는 이 세상의 모든 햇빛이
이야기를 한다는 것을 알았다
강물에게 나뭇잎에게 세상의 모든 플랑크톤들에게
말을 걸며 내려온다는 것을 알았다

반짝이며 날아가는 물방울들
초록으로 빨강으로 답하는 풀잎들 꽃들
눈부심으로 가득 차 서로 통하고 있었다

봄이야
라고 말하며 떨어지는 햇빛에 귀를 기울여본다
그의 소리를 듣고 푸른 귀 하나가
땅속에서 솟아오르고 있었다

****

　지금 우리는 모든 것이 초연결되고 초융합되는 4차산업혁명시대에 살고 있다. 빅데이터의 홍수 속에서 소위 데이터 저장고인 플랫폼을 구축하는 일이 중요한 시대가 되었다. 플랫폼에 모아진 방대한 데이터를 신속하게 분석하고 어떻게 연결하느냐가 관건이다.

　삶의 지각 변동을 일으키는 기술의 혁신 속에서 시인은 놀랍게도 햇빛과 교감을 하고 있다. 즉 햇빛이 말을 걸어오고 있다고 한다. 속도의 세상을 살면서 시인은 "햇빛이 툭 이마를 건드"리는 걸 느낀다. 그만큼 느리게 살고 있다는 것이고, 그만큼 민감하다는 것이다. 그런데 그 햇빛이 단순한 빛이 아니고 "수백 광년을 달려온 빛"이며 바로 "봄이야"라는 말을 전하기 위해 왔다고 한다. 이 얼마나 참신한 발상인가. 나무의 잎을 피우고 "꽃잎의 눈꺼풀"을 깨우려고 지구에 온 햇빛! 햇빛이 모든 존재에게 생명의 기운을 불어넣는다는 걸 시인은 자기만의 시선으로 바라본다. 만물이 햇빛을 받으며 자라고 서로 조응함으로써 세상이 풍요로워진다. 물방울들, 풀잎들, 꽃들이 눈부시게 반짝이며 통하고 있는 걸 간파한 시인으로 인해 독자는 봄이 주는 계절의 축복을 느끼게 된다.

　권대웅 시인은 개성적인 눈으로 "이 세상의 모든 햇빛이

이야기"한다는 것을 포착하고 생물과 무생물에 이르기까지 햇빛이 말을 건다는 걸 발견함으로써, 약동하는 봄의 생명력을 미학적으로 잘 표현하고 있다. 시인의 상상력으로 하늘 아래 만물이 서로 연결되고 있는 것이다. 인공지능이 할 수 없는 일을 시인이 해내고 있다. 그래서 그는 "봄이야"라고 말하는 햇빛의 소리를 듣고 "푸른 귀 하나가/ 땅속에서 솟아오르"는 비의를 목도하게 된다. 봄이 오는 소리가 땅을 두근거리게 하고, 나무와 꽃을 두근거리게 하며 마침내 마음의 강물을 출렁이게 한다. 이번 봄엔 하염없이 두근거릴 것 같다.

돌아오는 길

김강태(1951~2003)

… 춥지만, 우리
이제
절망을 희망으로 색칠하기
한참을 돌아오는 길에는
채소 파는 아줌마에게
이렇게 물어보기

희망 한 단에 얼마예요?

****

지나온 길을 돌아보고 다가올 새길을 묵상하는 12월
이다. 또한 영혼 구원을 위해 구유에서 태어나신 예수님을
기대하고 기다리는 시간이기도 하다. 한 해의 마지막 달,
믿음의 눈으로 돌아보고 바라보면 모든 것이 기쁨이고 감
사하다. 하지만 세상 추위에 떨고 있는 누군가에게는 견디
기 힘든 고통스런 순간의 연속일 수 있다. 고통도 지나고
보면 축복의 통로라고 한 어느 목회자의 말씀이 떠 오른다.
삶을 바라보는 태도가 중요한 걸 알고 있지만, 어려움에 처
하면 그렇게 생각하기가 결코 쉽지 않다.

시인은 시의 첫 행, 처음부터 말줄임표로 시작함으로써
주목을 환기한다. 시적 화자는 날씨도 추운데 마음마저 얼
어붙은 현실에 직면해 있는 '우리'에게 이런 상황을 극복하
기를 바란다. 이에 강력한 구호나 적극적인 동참을 요구하
기보다 "절망을 희망으로 색칠하기"라는 해법을 제시한다.
구체적인 방법은 아니지만 고요하면서도 단단한 극복 의지
가 배어 있다. "한참을 돌아오는 길"에 난전에서 채소를 파
는 아줌마를 만난다. 여기서 "희망 한 단에 얼마예요?"라는
참신한 발상으로 시의 묘미가 한층 배가된다.

비록 푸성귀를 팔아서 생계를 이어가는 필부라 할지라도
자신의 일이 희망을 팔고 있다고 생각하면 얼마나 신바람

이 날까. 이 시는 형식적 측면에서 익숙함을 거부하는 낯설게 하기가 전체를 지배하고 있다. 즉 말줄임표로 시작하여 물음표로 끝나는 시적 구조로 긴장미를 견지한다. 절망을 희망으로 바꾸는 구체적 방법은 살면서 체득해 가면 되는 것이다. 짧지만 울림이 있는 시로 많은 것을 느끼고 생각하게 된다. 응달에서 따뜻한 햇살을 기다리는 분들이 계신다. 희망 한 단을 직접 전하는 계절이 돌아온 것이다.

부활의 새벽

김남조(1927~)

차마 믿어지지 않고 아무도 본 이 없었습니다
이것이 당신의 뜻입니다

총총한 별밤에 무덤은 비고
먼뎃바람 같은 아스므레한 기류만이
설핀 갈밭인양 머물러 있었습니다
이것이 당신의 뜻입니다

랍비여 부르던 어느 한 사람조차
함께 해 드리질 않아
밤새워 드리시는 기도에도 홀로이셨던
겟세마니의 산상이며
닭 울기 전 세 번을 모른다 했던
당신 사랑하신 시몬 베드로며

높으신 고독은 이왕에도
순히 다스리시던 당신의 그림자였거니
부활의 새벽엔들
고요만이 큰 물인양 넘쳤습니다

이것이 당신의 뜻입니다

죽음은 멎고
슬픔은 쉬고
생명은 저마다 무성하라십니다
이것이 당신의 뜻입니다
울려 드리는 종소리 하나도 없이
그 전날과 꼭 같은 새벽이었거니

우람한 축제일수록
조촐한 표지로 잠잠하라 하셨습니다
이것이 당신의 뜻입니다

****

비아 돌로로사! 고난으로 점철된 슬픔의 길 위에 계시는 그분이 떠 오른다. 빌라도의 법정에서 골고다 언덕까지 십자가를 짊어지고 가신 그 길. 예수께서 자신에게 일어날 고난과 죽음, 부활과 승천을 믿는 사람들의 거처를 예비하시기 위해 걸어가신 숭고한 길이 십자가의 길이다. 그 길이 끝나는 지점에 부활의 새벽이 있다.

김남조 시인은 구순에도 불구하고 끊임없이 시창작에 대한 열의를 지니고 있다. 그런데 이 시는 시인의 청춘 시절 지은 시이기에 더욱 놀랍다. 1958년 『나무와 바람』 속에 들어 있는 시로서 젊은 시인이 신앙을 바탕으로 예수의 부활을 노래한 시이다. 대개 신앙시는 문학적으로 형상화하기 쉽지 않다. 왜냐하면 믿음이 앞서기 때문에 문학적 수사를 선택하지 않게 된다. 신앙적 내용이 강하면 문학성이 약해지고 문학성이 주를 이루면 신앙적인 부분이 약화된다. 그래서 이 둘의 조화를 이룬 좋은 시를 찾기가 어렵다. 그런데 오늘 우리 앞에 놓인 「부활의 새벽」은 신앙적 내용을 문학의 틀에 담아 미학적으로 형상화한 작품이다. 시 전편에 흐르는 "이것이 당신의 뜻입니다"라는 시행이 중심축이다. 모든 것이 주님의 섭리 속에 있고 그분의 역사하심으로 이루어진다는 진리를 시인은 고백하고 있다.

십자가의 죽음은 부활이 없다면 아무 의미가 없다. 예수의 부활은 결코 논리적으로 증명될 수 있는 사건이 아니다. 그래서 시인은 "차마 믿어지지 않고 아무도 본 이 없었"다고 시의 첫 행에서 밝힌다. 인간적으로 도무지 믿을 수 없는 기적이 일어난 것임을 강조한다. 3연에서 예수를 랍비라 부르던 그 누구도 십자가 처형을 막지 않았고, 오히려 동조했다는 사실과 예수께서 겟세마네 동산에서 밤새도록 홀로 기도하시던 모습과 예수께서 베드로가 세 번씩이나 배반할 거라는 걸 아신다고 표현하고 있다. 즉 예수는 철저하게 고독하셨다는 걸 암시한다. 이 시의 매력은 4연에서 "높으신 고독" "당신의 그림자" "부활의 새벽엔들/ 고요만이 큰 물인양 넘쳤습니다"와 마지막 연에서 부활을 "우람한 축제"라고 한 순도 높은 문학적 비유에 있다. 그리고 압권은 5연의 3행 "죽음은 멎고/ 슬픔은 쉬고/ 생명은 저마다 무성하라십니다"이다. 다시 말하면 십자가의 죽음과 부활 사건이 문학적 함축으로 아름답게 표현된 것이다. 부활의 새벽이 있기에 우리 삶의 새벽이 있고 희망의 길도 열린다. "그리스도께서 다시 살아나신 일이 없으면 너희의 믿음도 헛되고 너희가 여전히 죄 가운데 있을 것이요"(고전 15:17)라는 말씀을 묵상하며, 사망 권세 이기시고 살아나신 그분을 찬미하고픈 마음이 물밀 듯 밀려온다. 좋은 신앙시는 믿음을 더욱 견고하게 하는 것임을 깨닫는다.

지상의 방 한 칸
― 박영한 님의 題를 빌어

김사인(1956~)

세상은 또 한 고비 넘고
잠이 오지 않는다
꿈결에도 식은 땀이 등을 적신다
몸부림치다 와 닿는
둘째놈 애린 손끝이 천 근으로 아프다
세상 그만 내리고만 싶은 나를 애비라 믿어
이렇게 잠이 평화로운가
바로 뉘고 이불을 다독여 준다
이 나이토록 배운 것이라곤 원고지 메꿔 밥비는 재주
쫓기듯 붙잡는 원고지 칸이
마침내 못 건널 운명의 강처럼 넓기만 한데
달아오른 불덩어리
초라한 몸 가릴 방 한 칸이
망망천지에 없단 말이냐
웅크리고 잠든 아내의 등에 얼굴을 대본다
밖에는 바람소리 사정없고
며칠 후면 남이 누울 방바닥
잠이 오지 않는다

****

『행복의 건축』에서 알랭 드 보통은 장소가 달라지면 나쁜 쪽이든 좋은 쪽이든 사람도 달라진다고 한다. 그만큼 환경은 사람의 생각과 감정뿐만 아니라 여러 면에서 큰 영향을 미친다. 새로운 공간에 가면 새로운 생각이 떠오르기 쉽고, 좋은 공간에 있으면 마음이 편안해지고 좋은 생각을 많이 하게 된다. 밝고 넓은 쾌적한 공간에서는 창의력이 신장되고 일의 효율성이 배가된다고 한다. 그만큼 공간이 마음을 지배하는 것이다. 그러나 진정한 부와 행복의 열쇠는 광야에서 만나를 주신 그분 안에서 누리는 부유함에 있음을 묵상해 본다.

이 시는 지상의 방 한 칸으로 잠을 이루지 못하는 상황에 처한 시적 화자의 고뇌를 절절하게 표현하고 있다. 시의 초반부터 화자는 견디기 힘든 현실 앞에서 "꿈결에도 식은땀이 등을 적신다"고 토로한다. 이런 좁은 공간에서 여러 식구가 모여서 잠을 자고 있으니 어찌 편히 잠을 잘 수 있겠는가. 더욱이 가장으로서 가족을 제대로 돌보지 못한다는 중압감으로 "세상 그만 내리고만 싶은" 심정이다. 한밤중에 홀로 깨어 평화롭게 자고 있는 자식들을 쳐다보는 애비는 "둘째놈 애린 손끝이 천 근으로 아플"만큼 마음이 몹시 무겁다.

시의 중반부에 이르면 시적 화자인 애비의 직업이 작가임을 알 수 있다. 작가인 애비는 원고 청탁이 들어오는 대로 열심히 원고지를 메우고 있다. 하지만 "쫓기듯 붙잡는 원고지 칸이/ 마침내 못 건널 운명의 강처럼 넓기만" 하니 이 넓디넓은 지상에서 "초라한 몸 가릴 방 한 칸이/ 망망천지에 없단 말이냐"고 울부짖듯 하소연하기에 이른다.

시적 화자가 겪고 있는 지상의 삶이 무척 초라해 보인다. 늘 전전긍긍하며 한 고비씩 겨우 넘기고 있음을 알 수 있다. 남의 집 방 한 칸에 세 들어 사는 식구들의 모습이 가슴을 누르는 아픔을 느끼게 한다. 가족의 어려운 살림살이가 눈에 선하게 떠 오르고 어느새 눈물이 핑 돈다. 어떤 미학적 수사 장치가 달리 필요가 없다. 때로는 진정성 있는 콘텐츠로 탁월한 시어의 선택과 행갈이를 통해 아름다운 시의 집을 완성할 수 있다. 시인 특유의 깊이 있는 시선으로 그려낸 애틋한 서정의 여운이 잔잔하게 밀려온다.

산벚꽃

김선태(1960~)

온통 적막한 산인가 했더니
산벚꽃들, 솔숲 헤치고
불쑥불쑥 나타나

저요, 저요!

흰 손을 쳐드니
불현듯, 봄산의 수업시간이
생기발랄하다

까치 똥에서 태어났으니
저 손들 차례로 이어보면
까치의 길이 다 드러나겠다

똥 떨어진 자리가
이렇게 환할 수 있다며
또 한번 여기저기서

저요, 저요!

****

영하의 겨울이 가고 이제 봄의 생기가 느껴진다. 계절이 시시각각 바뀌는 것을 볼 때마다 창조주의 놀라우신 손길을 느낀다. 비록 처한 현실이 답답하고 힘들더라도 어김없이 봄은 오고 있다. 질병의 엄습으로, 생계의 어려움으로 앞이 막막한 사람들이 적지 않다. 주위를 돌아보면 따뜻한 곳에 앉아 있는 것조차 편하지 않다. 그래도 긴 밤이 지나면 아침이 밝아오지 않는가. 절망의 바닥에서 허우적거릴지라도 참고 견디면 희망의 길에 들어설 수 있으리라.

보라! 적막한 겨울 산도 때가 되니 꽃피는 봄산으로 바뀐다. 시인은 꽃들이 피어나는 봄산의 모습을 수업시간으로 포착한다. 이런 신선한 시선으로 독자도 생기발랄한 수업에 동참하게 된다. 산벚꽃들이 봄의 향연에 참여한 학생들이라니 무척 즐겁다. "저요, 저요! 외치는 꽃들의 목소리가 온 산에 메아리치는 듯하다. 시인만의 개성적인 의인화 과정을 통하여 꽃은 사람이 되고 사람은 꽃이 되는 치환의 길이 열린다. 더욱이 산에 피는 산벚꽃들이 "까치 똥"의 거름으로 탄생했다는 관점이 참신하다.

산벚꽃들이 "흰손을 쳐드니" 그 손들을 이으면 "까치의 길이 다 드러나겠다"라는 감각적인 표현에서 자연에 대한 깊은 사유와 예리한 통찰력이 느껴진다. 이 시는 자연 속

생명의 순환 과정을 천착하는 새로운 시선과 역동적 상상력이 이루어낸 감동적인 결과물이다. 시 한 편이 완성되기까지 얼마나 많은 습작의 과정을 거쳐야 할까. 까치의 배설물로 봄꽃이 환하게 피고, 꽃피는 봄산을 바라보는 사람의 마음 밭에도 꽃이 피어날 것이다. 조만간 이 산, 저 산에서 하얀 손을 흔들며 "저요, 저요!" 외치는 꽃들을 보게 되리라. 꽃피는 봄산처럼 가슴 두근거리는 계절이 눈앞에 다가왔다.

하늘 우체국

김수복(1953~)

너희들 걱정하지 말아라
난, 잘 있다 건강하다
너무 걱정하지 말아라, 여기가
천당이다
천당이다
좁고 주름진 방에서 어머니는
전화를 주신다
이 외진 가을 저녁에게까지

****

주여, 지난여름은 참 무더웠습니다는 고백이 절로 나온다. 폭염이 연일 지속되어 모두 열대야를 견디고 견뎌내야 했다. 착한 태풍 솔릭이 지나가고 나니 가을장마가 찾아와 곳곳에 물난리가 났다. 자연의 변화는 우리 인간이 어찌할 수 없는 영역이다. 더우면 더운 대로, 추우면 추운 대로 견뎌야 하는 게 삶의 모습이다. 폭우가 지나간 하늘은 씻은 듯 맑고 높푸르다. 바라보면 볼수록 하늘 호수에 첨벙 빠져들 것 같다. 김수복 시인의 시 「하늘 우체국」이 그런 느낌을 준다.

오늘날 시가 점점 어려워지고 길어지는 현상이 지속되고 있다. 그래서 독자들로부터 시가 멀어지고 있는 게 현실이다. 그런데 이 시는 그렇지가 않다. 시의 의미를 찾아내기 위해 오랫동안 행간을 헤맬 필요가 없다. 편안하게 앉아서 읽어도 되고 길을 걸으며 읽어도 될 만큼 시가 바로 가슴에 와 닿는다. 참신한 제목이 독자의 눈길을 사로잡는다. 세상 어디에 하늘 우체국이 있을까. 시인의 상상으로 만들어 낸 그 우체국이 몹시 궁금해진다. 시적 화자의 어머니께서 곧잘 이용하시는 우체국이 하늘 우체국이라니. 무척 정겹고 푸근하다.

시의 첫 행은 어머니의 염려로 시작된다. "너희들 걱정

하지 말아라/ 난, 잘 있다 건강하다" 시를 읽는 독자는 자신도 모르는 사이 어머니의 따뜻한 말씀을 듣고 그냥 편안해진다. 더욱이 이어지는 다음 행 "…여기가/ 천당이다/ 천당이다"를 읽다 보면 마음속에 '천당'이라는 시어가 스며들게 된다. 자식을 먼저 생각하시는 어머니의 간절한 부탁이 아무 거부감 없이 심연에 자리 잡게 된다.

언뜻 보면 쉬운 시어들로 구성된 것 같지만 결코 쉽게 쓰인 것이 아니다. 좋은 시는 시어의 첨예한 선택과 신중한 배열로 이루어지기도 한다. 「하늘 우체국」은 맑고 깨끗한 시선으로 엄선한 시어들을 탁월한 행갈이를 통하여 미학적으로 완성한 시편이다. 시를 읽어 내려가면 어머니의 마음이 천국임을 깨닫게 된다. "내 영혼이 은총 입어/ 중한 죄짐 벗고 보니/ 슬픔 많은 이 세상도/ 천국으로 화하도다"라는 찬송이 떠 오른다. 주께서 동행하시면 그곳이 어디든지 천국임을 좋은 시로 다시 확인하는 기쁨을 누린다.

그토록 기다리던 가을이 왔다. 잠긴 문의 빗장을 열고 기억의 저편에 있는 누군가를 만나고 싶다. 시는 사색과 평안으로 이끌고 서로 교감하게 하는 힘이 있다. 올가을에는 추억 속 흔적을 찾는 순례의 길에 나서고 싶다. 그때 만나는 친구에게 따뜻한 커피 한 잔 대접할 테니 그대, 내게 오시라.

그래도라는 섬이 있다

김승희(1952~)

그래도라는 섬이 있다

가장 낮은 곳에
젖은 낙엽보다 더 낮은 곳에
그래도라는 섬이 있다

그래도 살아가는 사람들
그래도 사랑의 불을 꺼트리지 않는 사람들
세상에서 가장 아름다운 섬, 그래도

어떤 일이 있더라도
목숨을 끊지 말고 살아야 한다고
부도가 나서 길거리로 쫓겨나고
뇌출혈로 쓰러져
말 한마디 못해도 가족을 만나면 반가운 마음,
중환자실 환자 옆에서도
힘을 내어 웃으며 살아가는 가족들의 마음속
그런 사람들이 모여 사는 섬, 그래도
그런 마음들이 모여 사는 섬, 그래도

그래도라는 섬에서
그래도 부둥켜안고
그래도 손만 놓지 않는다면

언젠가 강을 다 건너 빛의 뗏목에 올라서리라,
어디엔가 근심 걱정 다 내려놓은 평화로운
그래도 거기에서 만날 수 있으리라.

****

시인의 상상의 날개는 어디까지 날 수 있을까. 이 시를 읽으며 떠오른 생각이다. 무한한 상상의 힘으로 시인은 어디든지 갈 수 있다. 그래서 상상력이 풍부한 시인이 좋은 시를 쓸 수 있다. 김승희 시인은 시력 40여 년 동안 부단히 새로운 작품 세계를 보여주고 있다. 당대 어떤 시류에도 편승하지 않고 자유롭게 자신만의 무소속의 기쁨을 시로써 구가하는 시인이다.

이 시는 독특한 제목으로 관심을 환기한다. 이 세상 어디에도 그래도라는 섬은 없다. 지도에 없는 섬을 상상 속에서 만들어 낸 것이다. 얼마나 기발한 발상인가. 그 섬은 도대체 어디에 있는가. 시의 첫 연에서 '그래도'는 "가장 낮은 곳에/ 낙엽보다 더 낮은 곳에" 있다. 누구나 갈 수 있는 편안한 곳, '사랑의 불을 꺼트리지 않는 사람들'이 머무는 아름다운 섬이다. 힘들고 지쳐서 더는 갈 수 없는 상황에서도 서로 위로하고 웃으며 사는 사람들이 사는 섬이 '그래도'다. 시에서 지속적으로 반복되고 있는 '그래도'는 독자들의 가슴에 '그래도'라는 섬이 둥지를 틀게 하는 핵심 시어다. 그러니까 자기도 모르는 사이에 시어의 힘에 영향을 받게 되는 것이다.

많은 언어학자들이 언어의 힘에 대하여 갈파를 했다. 그

중에서 노엄 촘스키나 에드워드 사파이어 같은 석학들은
"언어가 의식과 사고를 지배한다"고 한다. 좋은 언어를 반
복해서 사용하면 긍정적 사고를 하게 되고, 나쁜 언어를 자
주 사용하다 보면 우울해지고 부정적인 사고에 젖게 된다
는 것이다. 시적 화자는 시에서 "그래도라는 섬에서/ 그래
도 부둥켜안고/ 그래도 손만 놓지 않는다면" 언젠가 '빛의
뗏목'에 도달하게 된다고 한다. 빛이 상지하는 것이 무엇일
까. 그 답은 바로 다음 행에서 찾을 수 있다. '근심 걱정 다
내려놓은 평화로운' 곳, 즉 '그래도'라는 섬이다.

발상의 전환은 4차산업혁명시대를 살아가는 누구에게나
필요하다. 우리는 시인의 새로운 발상으로 지구에 없는 좋
은 섬 하나를 만나는 기쁨을 누린다. 접속부사 '그래도'가
돌올한 상상력으로 섬으로 탄생하는 비밀에 동참하게 되
는 것이다. 속도전의 디지털 세상에서 시가 느리게, 사람
답게 사는 아날로그 세상으로 이끈다. 언어의 연금술로 이
루어진 시의 힘으로 그래도 거친 강을 넉넉히 건너갈 수 있
겠다.

북치는 소년

내용 없는 아름다움처럼

가난한 아희에게 온
서양 나라에서 온
아름다운 크리스마스 카드처럼

어린 양¥들의 등성이에 반짝이는
진눈깨비처럼

****

한 해의 마지막 달인 12월이다. 아기 예수의 탄생과 다시 오심을 기다리는 대강절이 시작되었다. 구세군의 자선 냄비가 바람에 흔들리며 종소리가 울려 퍼진다. 바삐 무언가를 좇아 걸어가는 발걸음들이 어디론가 사라진다. 애써 외면하며 스쳐 지나가는 눈길과 주머니에서 온기 묻은 지폐를 끄집어내는 손길… 불빛이 휘황찬란하게 비치는 거리에 크리스마스트리의 장식 조명이 눈이 부시도록 화려하다. 하지만 도심의 한구석에서 누군가는 몸을 웅크린 채 긴 겨울을 견뎌야 한다. 따뜻한 배려가 어느 때보다도 절실한 계절이다.

「북치는 소년」이란 시의 제목은 성탄의 기쁨을 알리는 크리스마스 캐롤송 제목이기도 하다. 가사를 보면 기쁜 구주, 성탄, 만왕의 왕, 긴 밤을 지키는 염소와 양떼, 헐벗은 내가 등장한다. 시어들을 살펴보면 캐롤송 가사들과 조금 비슷하다. 이 시는 외롭고 가난한 아이에게 보내온 서양의 크리스마스 카드 한 장에서 시상이 전개된다. 각 연의 끝에 '~처럼'이 반복되면서 시가 완성되지만 여전히 미완의 여운을 남긴다.

카드에 그려져 있는 '북치는 소년, 양떼, 진눈깨비' 등 이국적 풍경을 묘사하고 있지만, 그것은 "내용 없는 아름다움"이다. 시인은 감정을 절제하고 시 속에 여백을 둔다. 비유의 대상이 드러나지 않고 독자로 하여금 상상하게 하는 데에 시의 묘미가 있다. 특히 의미 단절과 비약을 통하여 시적 긴장을 조성하고 기쁜 성탄과 소외된 이웃의 대비를 은근히 부각하고 있다. 따라서 이 시는 의미를 찾기보다는 시어들의 배열을 통하여 배어나는 리듬과 아름다움을 느끼면 된다.

'가난한 아희'에게 정작 필요한 것이 무엇일까. 아름다운 카드보다는 포근한 말과 따뜻한 포옹, 아니 차라리 정성이 가득 담긴 밥과 국이 아닐까. 아기 예수의 탄생 소식을 맨 먼저 들은 사람은 권세가나 재력가가 아니라 양떼를 지키던 목자였다. 세상의 빛으로 오신 예수는 말구유에서 태어나셨다. 홀로 높으신 그분은 어둠이 있는 곳에 생명의 빛을 비추시고 모두에게 사랑을 주시려고 오신 평화의 왕이시다. 사랑은 소리 나는 구리나 울리는 꽹과리가 아니라, 오른손이 하는 것을 왼손이 모르게 은밀히 해야 한다는 걸 깊이 되새겨본다. 울림이 있는 시는 의미 있는 생각을 하게도 하고 선한 영향력을 끼쳐 아름다운 실천을 하게도 한다.

눈

김종해(1941~)

눈은 가볍다
서로가 서로를 업고 있기 때문에
내리는 눈은 포근하다
서로의 잔등에 볼을 부비는
눈 내리는 날은 즐겁다
눈이 내릴 동안
나도 누군가를 업고 싶다

****

누구나 눈에 얽힌 추억 하나씩은 가지고 있으리라. 어떤 이는 아련한 사랑이 떠 오른다 하고 어떤 이는 눈썰매가 생각난다고 한다. 혹은 눈길에 엉덩방아를 찧었거나 추돌사고 같은 기억도 떠오르리라. 그런데 나는 여전히 눈이라는 말만 들어도 설레곤 한다. 정말 눈이 내리는 날엔 이미 마음은 설원에 머무르고 있을 만큼 눈이 좋다. 그냥 이유 없이 좋다. 하지만 곰곰 생각해 보니 순백의 색이 무엇보다 좋고, 잠시지만 순식간에 아름답고 추한 모든 것들이 하얗게 채색되는 게 신비스럽기까지 하다.

대개 눈이 희다고 하든지 아름답다고 하는데 시인은 처음부터 '눈은 가볍다'고 한다. 왜 그렇게 느끼는 것일까. 계속 시를 읽어 내려가면 알 수 있다. 눈을 바라보는 시인의 눈이, 시인의 마음이 특별하기 때문이다. 눈이 "서로가 서로를 업고 있"다고 바라보는 탁월한 상상력으로 마음이 따뜻해진다. 누군가를 업는다는 것은 결코 쉬운 일이 아니다. 우선 시인은 눈을 가볍다고 인식하기 때문에 눈과 눈이 서로 업고 있다는 시적 전개가 가능해진다. 눈을 사람으로 상상하고 표현하는 의인화로 독자는 하얀 눈에 자신을 투사하게 된다.

사람을 업는다는 것은 육체적으로 힘든 노동이다. 그래

서 많은 에너지가 필요하다. 그런데 시인은 자신만의 독창적 시선으로 눈을 바라보기 때문에 힘든 노동이 아니라 오히려 포근하게 느낀다. 시적 화자는 이어지는 행에서도 "서로의 잔등에 볼을 부비"는 행위로 눈 내리는 날이 마냥 즐겁다고 한다. 시 전체에 흐르는 시상이 따뜻하게 전개됨으로써 독자들은 바쁜 일상을 잊고 눈 내리는 날의 즐거움에 동참하게 된다. 그렇게 함께하다 보면 "눈이 내릴 동안" "누군가를 업고 싶다"고 한 시적 화자의 바람이 자신의 바람으로 연결된다.

시인은 언젠가 시집 자서에서 시는 인간의 삶을 위안하고 보다 높은 쪽으로 솟구치게 하는, 가장 정직한 노래여야 한다고 선서를 한 적이 있다. 시 「눈」을 읽으면서 위안을 받고 누군가를 업고 싶다는 마음이 일렁인다. '가볍다' '포근하다' '즐겁다'라는 형용사들이 마지막에 '업다'라는 동사로 귀결됨으로써 긍정의 수동적 이미지가 역동적인 섬김의 이미지로 완결된다. 따라서 독자는 포근한 시로 즐겁고 정직한 노래를 흥얼거리게 된다. 한 해가 저무는 즈음, 비록 힘든 나날일지라도 서로를 업고 있는 눈처럼 우리도 서로 언 손을 꼭 붙들고 따뜻하게 녹이며 나아가 보자.

너무 그러지 마시어요

나태주

너무 그러지 마시어요. 너무 섭섭하게 그러지 마시어요. 하나님, 저에게가 아니에요. 저의 아내 되는 여자에게 그렇게 하지 말아 달라는 말씀이어요. 이 여자는 젊어서부터 병과 더불어 약과 더불어 산 여자예요. 세상에 대한 꿈도 없고 그 어떤 사람보다도 죄를 안 만든 여자예요. 신장에 구두도 많지 않은 여자구요, 장롱에 비싸고 좋은 옷도 여러 벌 가지지 못한 여자예요. 한 남자의 아내로서 그림자로 살았고 두 아이 엄마로서 울면서 기도하는 능력밖엔 없는 여자이지요. 자기 이름으로 꽃밭 한 평, 채전밭 한 귀퉁이 가지지 못한 여자예요. 남편 되는 사람이 운전조차 할 줄 모르는 쑥맥이라서 언제나 버스만 타고 다닌 여자예요. 돈을 아끼느라 꽤나 먼 시장길도 걸어 다니고 싸구려 미장원에만 골라 다닌 여자예요. 너무 그러지 마시어요. 가난한 자의 기도를 잘 들어 응답해주시는 하나님, 저의 아내 되는 사람에게 너무 섭섭하게 그러지 마시어요.

****

시인들의 모임이나 행사에 가면 카메라를 들고 그날, 그 순간의 표정을 담는 시인이 있다. 온화한 얼굴에 잔잔한 미소를 머금고 한 컷, 한 컷 정성스레 사진을 찍는 모습, 아무런 욕심이 없어 보이는 듯하다. 독일 철학자 하이데거는 시인을 일컬어 "가장 죄 없는 영혼을 지닌 존재"라고 했다. 이 시인에게 참 어울리는 말이다. 그의 이런 소박한 언행이 시에 고스란히 묻어난다.

시는 매우 어렵다고들 하는데 나태주 시인의 시는 그렇지 않다. 그의 시를 읽으면 마음이 편안해진다. 그리고 어느새 마음 한켠에 은은한 잔물결이 일렁이는 걸 느낀다. 시의 중요 요소라고 하는 은유가 쓰이지 않아도 시이다. 행과 연 구분이 없어도 시이다. 일반 독자들은 비유라든가 이미지 또는 어떤 형식 같은 것에는 관심이 없다. 복잡하고 스피드한 세상에서 울림이 있는 한 편의 시면 충분하다.

시인은 언젠가 죽음의 문턱에서 살아 돌아온 적이 있다고 했다. 믿음이 견고하지 않던 때, 의사도 살리기 어렵다던 병에 걸려 오랜 시간 병상에 있었다. 그는 병상에서 이루 말할 수 없이 눈부신 빛을 향해 걸어가며 진정한 행복을 느꼈다면서 그게 천국으로 가는 길인 것 같다고 했다. 그런 일이 있었던 후 이 시를 지었다. 아내에 대한 절절한 사랑의 마음을 표현한 시이기 때문에 심연에 와 닿는다.

　무덥던 여름이 지나가고 높푸른 하늘의 이마가 눈앞
에 성큼 다가선다. 맑고 푸른 하늘 같은 시가 그리운 계절
이다. 그런 마음으로 지은 시로 시를 읽은 내 마음도 가을
하늘 기슭에 가 닿을 것 같다. 심령이 가난한 자는 복이 있
나니 천국이 그들의 것(마태 5:3)이라는 말씀이 떠 오른다.

은은함에 대하여

도종환(1954~)

은은하다는 말 속에는 아련한 향기가 스미어 있다
은은하다는 말 속에는 살구꽃 위에 내린
맑고 환한 빛이 들어 있다
강물도 저녁햇살을 안고 천천히 내려갈 땐
은은하게 몸을 움직인다
달빛도 벌레를 재워주는 나뭇잎 위를 건너갈 땐
은은한 걸음으로 간다
은은한 것들 아래서는 짐승도 순한 얼굴로 돌아
온다
봄에 피는 꽃 중에는 은은한 꽃들이 많다
은은함이 강물이 되어 흘러가는 꽃길을 따라
우리의 남은 생도 그런 빛깔로 흘러갈 수 있다면
사랑하는 이의 손 잡고 은은하게 물들어갈 수 있다면

****

사람이 하는 말은 온도를 지니고 있다. 차가운 말, 미지근한 말, 따뜻한 말, 뜨거운 말 등등. 시의 제목에 들어 있는 '은은함'이란 말의 온도는 몇 도쯤일까. 정확한 수치로 나타낼 수는 없지만 적어도 따뜻한 가슴을 지닌 사람에게서 나오는 말일 것이다. 영상의 말일 것이고 비등의 말은 아니고 그렇다고 영하에 속한 말은 더욱 아니다.

요즘 세상의 온도는 참 뜨거운 편이다. 정치, 안보, 경제 등 각종 분야에 대한 말의 열기가 대단하다. 은은한 자세를 취하다가는 토론에서 밀려나기가 쉽다. 모두가 뜨거운 폭탄을 손에 쥐고 있는 듯한 느낌마저 들기도 한다. 이런 시대 조류와는 상관없이 어쩌면 시대 조류에 역행하는 말이 '은은하다'일 것이다. 무엇이든지 빠르게 진행해야 하는 풍토에 익숙해지다 보니 느리게 사는 것을 잊고 사는 경향이 있다.

은은하다와 느리다는 일맥상통하는 부분이 있다. 시인은 시의 첫 행 "은은하다는 말 속에는 아련한 향기가 스미어 있다"는 표현을 함으로써 은은하다에 대한 함의를 시의 마지막 행에 이르기까지 전하고 있으며 구체적인 표현을 이어 간다. 저녁 햇살을 안고 천천히 내려가는 강물과 벌레를 재워주는 나뭇잎 위를 건너가는 달빛 모두 은은하게 움직인다고 한다. 따라서 "은은한 것들 아래서는 짐승도 순한 얼굴로 돌아"올 만큼 은은함의 영향력이 크다는 것을 은은하게 강조한다.

시에서 '은은하다'라는 시어가 계속 반복되고 있는데도 시적 긴장이 유지되고 있다. 그것은 언어를 다루는 탁월한 솜씨로 자연스러운 리듬이 발생하고, 독자는 저절로 시에 동화되어 가기 때문이다. 비록 새로운 이미지, 독특한 주제, 참신한 비유 등을 사용하지 않더라도 은은한 시가 주는 감동이 있다. 이 시의 제목이 "은은함에 대하여"이듯이 시의 전개도 은은하게 펼쳐지고 있다.

은은함은 직설적이거나 독특한 것 또는 튀는 것과 대립한다. 강한 향기를 지닌 꽃보다는 은은한 향기가 나는 꽃 앞에 더 오래 머무르게 된다. 사람도 마찬가지이다. 겸손한 사람에게는 은은한 향기가 배어 있다. 속도의 세상에서 우리 서로 "은은하게 물들어 갈 수 있기를" 소망해 본다.

가을날

라이너 마리아 릴케(1875~1926)

가을날

주여, 때가 되었습니다! 여름은 참으로 위대했습
니다.
당신의 그림자를 해시계 위에 드리우시고,
들판에는 바람을 풀어 놓아 주소서

마지막 열매들을 영글게 하시고,
이틀만 더 남국의 따뜻한 날을 베푸시어,
열매들이 온전히 무르익게 하시고
진한 포도주에 마지막 단맛이 스미게 해 주소서.

지금 집이 없는 사람은 이제 집을 짓지 않습니다.
지금 홀로 있는 사람은 오래도록 그럴 것이며,
깨어서, 책을 읽고, 긴 편지를 쓸 것이고
낙엽이 떨어져 뒹굴면, 불안스레
가로수 길을 이리저리 헤맬 것입니다.

****

고독과 사랑 그리고 장미 가시에 찔려 떠난 시인 릴케는 한국인이 가장 사랑하는 외국 시인들 중의 한 사람이다. 괴테 이후 독일어권 최고의 시인으로 평가받는 그는 자신의 『예술론』에서 "네 안으로 들어가 봐라. 그리고 너의 힘든 것으로 세워라. 네가 스스로 밀물과 썰물로 변화하는 땅이라고 한다면, 너의 힘든 것은 네 안에 있는 집과 같은 거다."라고 했다. 자기 자신이 하나의 세계여야 하며 자신의 힘든 것이 자기중심 안에 있어서 스스로 끌어당겨야 한다는 예술론은 인간 실존의 고통에 대해 깊이 묵상하게 한다. 고통을 통해 인간은 실족하는 것이 아니라 오히려 고통 속에서 자신의 내면세계로 더 침잠해 들어갈 수 있다. 릴케는 『젊은 시인에게 바치는 편지』에서 자신의 마음 깊은 곳으로 들어가서 글을 쓰고 싶은 근거가 무엇인지 깊이 생각해 보고, 쓰지 않으면 죽음을 택하겠느냐는 질문을 던져보라고 한다. 얼마나 준엄한 글쓰기 또는 시쓰기인가.

시 「가을날」은 잘 알려진 시로서 번역도 다양하다. 필자는 오랜 기간 독일에서 한독비교문학을 연구했기 때문에 이 시를 직접 번역해 보았다. 시의 묘미는 첫 연, 첫 행에서부터 시작된다. "주여, 때가 되었습니다!"라는 선언적 표현이 주목을 이끈다. 주께서 주관하시는 자연의 섭리를 독자의 뇌리에 각인시키기에 충분하다. 그리고 뜨거웠던 지난 여름날에 대한 감사와 감탄이 이어진다. 인간의 결과물이 아닌 주께서 이끄셨던 여름이었기에 '위대하다'는 시어를 선택했다. 시인은 다가오는 가을날 앞에서 간절히 기도한다. 그 어떤 가을 열매도 주님의 손길이 닿지 않으면 익어갈 수 없음을 알기 때문이다.

시의 구조는 주께 간구하는 인간(전반부)과 고독한 가운데 불안에 떠는 인간(후반부)이 대조를 이루고 있다. 가을의 풍요로움과 가을에 불안과 고독 속에서 쓸쓸해지는 비어 있음이 대비됨으로써 탄탄한 시적 긴장을 유발한다. 릴케는 실존의 불안과 실존적 고통이 시를 쓰게 한다고 생각한다. 따라서 고통이 예술의 완성을 향해 가는 길이라는 역설이 성립된다. 지금 우리 인생의 계절은 어느 때에 와 있는지… 이제 가을의 문턱이다. 저녁 바람에 간간이 들리는 풀벌레 소리가 울음인지 노래인지는 우리들 가슴에 있지 않을까. 들녘에서 열매 익어가는 소리 들리는 듯하다.

사랑법 I

문효치(1944~)

말로는 하지 말고
잘 익은 감처럼
온몸으로 물들어 드러내 보이는

진한 감동으로
가슴속에 들어와 궁전을 짓고
그렇게 들어와 계시면 되는 것

****

기해년 새해가 밝았다. 비록 살고 있는 현실이 어둡더라도 어김없이 저녁은 찾아오고 긴 밤이 지나면 찬란한 태양이 떠오른다. 지구가 23.5도 기울어져 있기에 바람이 불고 꽃이 피고 눈발이 흩날리는 계절이 오간다. 모두 이런저런 모양새로 지난해를 보내고 새로운 한 해를 맞이하는 시간을 보냈으리라. 그런데 새해 아침부터 시끌시끌하다. 눈만 뜨면 떠들썩한 소식으로 차분하게 살기가 쉽지 않다.

그럴수록 조용히 말씀을 묵상하며 기도하는 시간이 참 필요하다. 동시에 서로 사랑해야 할 때이기도 하다. 지금 이 순간이 바로 사랑해야 할 때가 아닐까. 성경에 사랑장이라고 일컫는 고린도전서 13장에는 사랑은 오래 참고 사랑은 온유하며 시기하지 않으며… 모든 것을 참으며 모든 것을 믿으며 모든 것을 바라며 모든 것을 견디느니라고 되어 있다. 읽을 때마다 가슴에 깊이 새겨지는 말씀이다.

시인이 말하는 사랑법이란 어떤 것인가. 그는 "말로는 하지 말"라고 한다. 그럼 어떻게 사랑해야 하는가? "잘 익은 감처럼" 그렇게 고요히 자연스럽게 사랑하라고 한다. 하나님께서 빚으신 과일이 영글어 가듯 자연의 순리에 따르는 사랑을 노래한다. 그래서 "온몸으로 물들어 드러내 보이"면 된다는 것이다. "소리 나는 구리"나 "울리는 꽹과리"

같은 사랑과는 정반대의 사랑을 가리킨다. 이런 식으로 사랑을 하면 "진한 감동"의 물결이 일어 아름다운 열매를 맺게 되는 것이다. 고요한 사랑법이 요란스런 사랑보다 더 큰 힘이 있어서 가슴에 "궁전"을 지을 수 있음을 알려 준다.

시인의 시 「사랑법」은 화려한 수사나 기교가 들어 있지 않다. 짧은 시 형식을 빌려 사랑의 진정성을 함축적으로 잘 표현하고 있다. 우리는 138억 년 우주의 역사 속에서 만난 존재들이다. 신께서 지으신 그토록 수많은 별들 중에서 지구별에 태어나게 하셨으니 얼마나 소중한 만남인가. 새해에는 다시 사랑하는 시간을 가지길 다짐해 본다. "세상에서 가장 아름다운 최상의 것은 보거나 만질 수 없다. 가슴으로 느껴져야만 한다"라는 헬렌켈러의 고백이 잔잔히 밀려온다.

다시

박노해(1957~)

희망찬 사람은
그 자신이 희망이다

길 찾는 사람은
그 자신이 새 길이다

참 좋은 사람은
그 자신이 이미 좋은 세상이다

사람 속에 들어 있다
사람에서 시작된다

다시 사람만이 희망이다

****

아직 찬 바람이 불고 햇살 줄기가 가느다란 겨울이다. 예보만 믿고 얇게 입고 나가면 자칫 한기가 들어 감기에 걸리곤 한다. 혹한의 때를 살고 있지만 언 땅밑 뿌리들의 움직임은 부지런하리라. 남녘에서는 벌써 매화가 꽃망울을 터뜨린다고 하니 봄은 이미 우리 곁에 다가오는 중이다.

시인의 마음엔 봄이 와 있고 봄꽃이 피어 있는 듯하다. 박시인의 시는 희망을 노래한다. 희망의 꽃을 피우라고 조용히 외치고 있다. 어떻게 하면 희망의 꽃씨를 뿌릴 수 있을까. 그 답은 '사람 속에 들어 있다'고 한다. 어떤 사람이 그런 씨앗을 틔울 수 있나. 희망찬 사람이 되면 자신이 희망이 되어 좋은 세상의 밭을 일굴 수가 있다.

이 시는 시의 미학적 장치 중 하나인 은유를 사용함으로써 시의 묘미를 잘 살리고 있다. 연마다 A는 B다의 비유방식인 은유를 배치하여 독자의 마음을 붙든다. 시적 의도가 분명하게 드러나 있어서 시의 주제가 바로 가슴에 와 닿는다. 마지막 연 '다시 사람만이 희망이다'는 확고한 표현을 통해서 우리 모두 희망의 주체가 된다. 이 시의 제목인 '다시'가 마지막 연의 첫 시어 '다시'와 연결되면서 매우 의미있는 역할을 견인한다. 즉 사람이 희망이었고, 지금도 그렇고 앞으로도 사람이 희망이라는 것을 강조하고 있다.

시의 구조가 간결하면서도 세련되게 짜여 있어서 구조적 완결성을 이룬 좋은 시와 마주하는 기쁨이 있다. 시 전편에 흐르는 맑고 투명한 시정신을 통해 독자들은 자신도 모르게 '참 좋은 사람'이 되고 싶다는 꿈을 꾸게 된다. 어느 산골짝엔 눈석이물이 가만가만 녹고 있으리라. 눈부신 물소리에 희망의 싹이 돋아날 것이다.

매미가 울면 나무는 절판된다

박지웅(1969~)

붙어서 우는 것이 아니다
단단히 나무의 멱살을 잡고 우는 것이다
숨어서 우는 것이 아니다
반드시 들키려고 우는 것이다

배짱 한번 두둑하다
아예 울음으로 동네 하나 통째 걸어 잠근다
저 생명을 능가할 것은 이 여름에 없다
도무지 없다

붙어서 읽는 것이 아니다
단단히 나무의 멱살을 잡고 읽는 것이다
칠 년 만에 받은 목숨
매미는 그 목을 걸고 읽는 것이다

누가 이보다 더 뜨겁게 읽을 수 있으랴
매미가 울면 그 나무는 절판된다
말리지 마라
불씨 하나 나무에 떨어졌다

****

매미 울음이 여기저기에서 들리는 여름이다. 그렇지 않아도 날씨가 무더워 힘든데 매미까지 울어대니 여름을 넘기기가 쉽지 않다. 많은 사람들이 매미 소음 때문에 집중을 잘 못 하는데 시인은 오히려 매미 울음에 몰입한다. 누군가에겐 소음인데 시인에겐 시적 대상으로 다가온 것이다.

'매미가 울면 나무는 절판된다'니 몹시 궁금해진다. 브랜드의 네이밍이나 광고 카피가 무척 중요하듯 시의 제목도 한 편의 시에서 큰 역할을 한다. 시의 분위기를 이끌기도 하고 주제를 암시하기도 하며 관심을 환기하기도 한다. 그러면 이 시에서 제목은 어떠한가. 앞에서 열거한 내용을 다 함의하고 있다. 그래서 시의 참신한 제목이 독자의 눈길을 사로잡는다.

시인은 매미의 생태를 집중적으로 관찰한 후 그만의 독특한 상상력을 통해 개성적 시각의 시를 창작한 것이다. 매미가 그냥 우는 것이 아니라 "단단히 나무의 멱살을 잡고 운다"고 한다. 그것도 '반드시 들키려고 우는 것'이라고 한다. 왜 그럴까. 답은 "칠 년 만에 받은 목숨"이기 때문이다. 매미는 땅 아래 어둠 속에서 7년을 견디고 마침내 지상에 올라온다. 아슬한 우화의 과정을 거친 후 얻게 되는 생명이다. 그래서 매미는 "그 목을 걸고" 울음을 운다. 암컷

을 애타게 찾는 수컷 매미의 구애 목소리는 처절하기까지
하다. 크게 울어야 암컷의 관심을 받을 수 있기 때문이다.
짝을 만나 잠시 지상에 머물다가 짧은 생을 마감한다. 그러
고 보니 "아예 울음으로 동네 하나 통째 걸어 잠글"만큼 두
둑한 배짱으로 치열하게 사는 생인 것이다.

여기서 우리는 대상에 대해 온몸으로 다가가는 시인을
만난다. 시인의 눈은 날카롭다 못해 깊은 관조의 경지에 이
른다. "누가 이보다 더 뜨겁게 읽을 수 있으랴"는 바로 시
인 자신의 시선과 직결된다. 매미를 뜨겁게 읽어 내는 시
인의 심장이 살아서 펄떡이는 것을 느낀다. 그는 마지막연
에 멋진 시의 제목을 행으로 등장시킨다. 그만큼 소중한 제
목이다. 매미가 목숨을 걸고 나무를 뜨겁게 읽어 내는 불
씨! 아무도 막을 수 없다. 생명의 자연 현상을 누가 이토
록 절절하게 읽어 낼 것인가. 연일 기온이 기록을 경신하고
있다. 매미의 구애 세레나데도 더 커지고 있다. 이 또한 지
나가리라. 높푸른 가을이 멀지 않으리니….

자반고등어

박후기(1968~)

가난한 아버지가 가련한 아들을 껴안고 잠든 밤
마른 이불과 따끈따끈한 요리를 꿈꾸며 잠든 밤
큰 슬픔이 작은 슬픔을 껴안고 잠든 밤
소금 같은 싸락눈이 신문지 갈피를 넘기며 염장을
지르는, 지하역의 겨울밤

****

삶은 어찌 보면 지구별에서 잠시 노숙하다가 떠나가는 것일 수도 있다. 사는 곳이 있기는 하지만 종종 배회하다가 삶을 마감하는 경우가 많다. 대개 사람의 내면에는 정신적으로 한곳에 머물지 못하고 자유로운 날개로 날고 싶어 꿈틀거리는 무언가가 있다. 하물며 시인이야 더 말할 필요가 없다. 시인은 늘 고정된 것에 얽매이지 않고 새로운 것을 추구하는 노마드 정신으로 시를 쓰려고 한다.

자반고등어를 시의 제목으로 삼아 따뜻하고 정겨우면서도 슬픔이 심장을 파고드는 느낌으로 시상을 전개한다, 고등어는 많은 생선 가운데 흔한 종으로서 그냥 두면 쉽게 상한다. 옛날 냉장고가 없던 시절에 조상들은 고등어를 먹기 위해 지혜를 발휘하여 등푸른 생선의 내장을 발라내고 소금을 켜켜이 뿌려 독에 넣어 서늘한 곳에 두었다가 먹곤했다. 등이 굽어서 고등어라 이름 붙여진 생선. 서민들이 즐겨 먹던 건강 음식 중의 하나이다. 이런 자반고등어는 두 마리가 한 손 단위로 상품으로 나온다.

이 시의 재미는 자반고등어와 노숙인 부자를 동일시하여 표현한 데에 있다. 시의 비유는 원래 유사성의 원칙에서 출발한다. 그 비유가 적절할 때 독자는 시를 읽으면서 시의 맛과 멋을 느낄 수 있다. 집이 없는 가난한 아버지와 아들이 서로의 체온으로 추운 겨울을 견디고 있는 모습이 눈물겹다. 그들에게 필요한 것은 궁전 같은 집도 아니고 근사한 요리도 아니다. 그저 "마른 이불과 따끈따끈한 요리"이면 충분하다. 더 이상 무엇이 필요한가. 비록 가난하지만 그들에게는 안분하고 자족하는 마음이 있다. 이 시는 어쩌면 장자의 소요유편을 생각나게 한다. 뱁새는 깊은 숲에 둥지를 틀지만 필요한 것은 단지 나뭇가지 하나이고, 두더지는 강에서 물을 마시지만 필요한 물은 배를 채울 만한 분량뿐이라는 것이다.

전체 1연으로 구성된 시에서 만일 3행과 4행이 없다면 긴장미도 떨어지고 문학적 심미성도 미흡했을 것이다. 그런데 가난한 아버지를 "큰 슬픔"에, 가련한 아들을 "작은 슬픔"에 비유함으로써 시의 밀도가 조밀해진다. 더욱이 "소금 같은 싸락눈"이 "신문지 갈피를 넘기며 염장을 지르는" 표현으로 독자의 마음에도 싸락눈이 내리고 동시에 염장이 질리는 공감대가 형성된다.

지상의 방 한 칸이 없어서 둘이 껴안고 있는 자반고등어 같은 그들이 있다는 생각에 미치자 따뜻한 방에 등을 대고 있는 자신이 부끄럽다. 캐롤송이 울려 퍼지고 자선냄비의 종소리가 뗑그렁거리는 계절이 다가오는데 함께 울어줄 누군가가 절실해진다.

새해 첫 기적

반칠환(1964~)

황새는 날아서
말은 뛰어서
거북이는 걸어서
달팽이는 기어서
굼벵이는 굴렀는데
한날 한시 새해 첫날에 도착했다

바위는 앉은 채로 도착해 있었다

****

새해 새날에 파란 하늘이 펼쳐진다. 어김없이 태양은 떠오르고 사람들의 가슴에 설렘과 기대가 피어오른다. 꿈도, 희망도 함께 솟아오른다. 어제보다는 오늘이, 오늘보다는 내일이 조금이라도 나아지기를 믿거나 믿고 싶다. 팍팍하고 힘든 삶이, 숨이 턱밑까지 차오르는 삶이 짓누를지라도 시간은 흘러간다.

참 견디기 쉽지 않았던 지난 해였다. 크고 작은 숱한 사건들로 충격에 빠지기도 했고, 기쁨의 환호로 들뜨기도 했다. 살아간다는 것은 가쁜 숨을 몰아쉬며 가는 길이다. 다만 삶의 방식이 다를 뿐. 디지털 세상에서는 속도가 미덕이다. 빨리 달려야 정상이고 그렇지 않으면 도태된다는 강박감에 사로잡히기 쉽다.

이런 때 시인이 선택한 시의 제목이 심상치 않다. '기적'이라는 시어는 일상에서 범상하지 않은 단어로서 아주 특별한 일이 발생했을 때 사용한다. 기적이란 무엇인가. 사람으로서 도저히 할 수 없거나 믿을 수 없는 현상이 눈 앞에 펼쳐질 때 기적이라고 한다. 시인은 황새든 말이든 거북이든 심지어 무생물인 바위조차도 동일한 시각에 새해를 맞는다고 표현한다. 빠른 속도로 날아서 가든지 느릿느릿 기어서 가든지 도착하기는 마찬가지다.

시에서 상징은 무척 어려운 수사법이다. 본래의 뜻이 무엇인지 알아내기가 여간 어렵지 않다. 시에 나타나는 황새, 말, 거북, 달팽이 등 동물 상징은 다양한 삶의 양식을 함의하고 있다. 여기서 각 동물이 어떤 유형의 삶인지, 어떤 부류를 지칭하는지 굳이 살피지 않아도 시의 전언이 독자에게 전해진다.

누군가 삶은 속도가 아니라 방향이라고 했다. 그런데 우리는 가파른 속도전에서 끊임없이 움직여야 잘 사는 것으로 생각한다. 프랑스 철학자 피에르 쌍소는 오히려 느림의 미학이 무엇인지 일깨워 준다. 모두 초적극 행동주의로 나가다 보면 결국 자기를 상실하고 만다는 것이다. 느림이란 시간에 얽매이지 않고 자신을 잊지 않을 능력, 세상을 받아들이는 긍정 에너지를 키우겠다는 의지라고 한다.

속도로 치닫는 사회 풍조를 넌지시 비판하는 시인의 시적 사유와 감각이 돋보인다. 삶의 본질을 천착하는 통찰력과 상상의 진폭이 넓은 작품이다. 시를 읽으면 읽을수록 서정의 파동이 밀려드는 수작이다. 바쁠수록 돌아가라는 옛말이 떠 오른다. 바위처럼 가만히 앉아 있어도 산수유 향기 자욱한 봄을 맞고 여름의 푸른 이마와 마주하게 된다. 아무리 바빠도 시를 읽으며 천천히 숨 고르면서 내면의 향기를 잃지 않는 한 해가 되기를….

지구의 눈물

배한봉(1962~)

둥근 것들은
눈물이 많다, 눈물왕국을 하나씩 가지고 있다

칼로 수박을 쪼개다 수박의 눈물을 만난다
어제는 혀에 닿는 과육 맛에만 취해
수밀도를 먹으면서 몰랐지
사과 배 포도알까지 둥근 몸은 모두
달고 깊은 눈물왕국 하나씩 가지고 있다는 걸

나는 눈물왕국을 사랑하는 사람
입맛 없을 때마다 그 왕국에 간다

사람 몸 저 깊은 곳
생명의 강이 되는 눈물,
그리하여 사람 몸도 눈물왕국 되게 하는 눈물,

그렇기 때문인가? 사람들은
둥근 것만 보면
깎거나 쪼개고 싶어 한다

지구도 그 가운데 하나다

숲을 깎고 땅을 쪼개 날마다 눈물을 뽑아 먹는다

번성하는 문명의 단맛에 취해

드디어는

북극의 눈물까지 먹는다

****

눈이 시리도록 맑고 높푸른 하늘을 바라보고 있으면 눈물 한 방울 뚝 떨어질 때가 있다. 너무 맑아서, 너무 높아서, 너무 푸르러서 그 절대의 풍경 앞에서 한없이 작아지는 모습을 발견하게 된다. 그런 가을날에는 가을 사람이 되어 계절 속으로 스며드는 경우가 종종 있다. 가을의 열매는 둥글다. 둥글어서 모양도 좋고 맛도 달콤하다. 그런데 시인은 '둥근 것들은 눈물이 많다'고 한다. 더욱이 '눈물왕국을 하나씩 가지고 있다'고 한다. 참 놀라운 천착이 아닌가. 둥근 열매가 탐스럽게 익어가면 입안에 침이 절로 고인다. 외형적 모습만 바라보는 사람들의 눈과는 전혀 다른 시인의 눈! 예사롭지 않다. 둥근 것 속에 깃든 눈물을 찾아내다니.

한 송이 포도가 영글기까지 얼마나 많은 비바람을 견뎌야 했을까. 얼마나 강한 햇살을 받아야 했을까. 새와 벌레들도 단맛에 끌려 상처를 내기도 했을 것이다. 시인은 "눈물왕국을 사랑하는 사람"으로 자처한다. 눈물왕국을 사랑하는 시인이야말로 생명의 소중함을 인식하기에 겉으로 드러난 현상만 아니라, 그 속에 숨은 비의를 캐낼 수가 있다. 피조물이 생명체로 탄생되는 과정에는 창조주 하나님의 섭리가 작용한다. 그분의 손길이 닿지 않은 것이 없는 삶이고 자연인데 우리는 그걸 잊고 살거나 아예 모르고 지나간다. 남이 볼 수 없는 것을 보고 남이 들을 수 없는 것을 듣는 시인이기에, 노발리스(독일 낭만주의 시인)는 시인을 인간과 신을 연결해주는 '사제'라고 일컬었다. 시인은 그런 점에서 가히 '시의 사제'로 불릴 만큼 특별한 눈과 귀를 지니고 있다.

시인은 열매 속에 깃든 눈물과 사람 몸 깊은 곳에 있는 눈물을 동시에 간파한다. 여기서 반전이 나타난다. 둥근 것의 눈물을 모르는 사람들은 그것을 보면 "깎거나 쪼개고 싶어하"는 속성이 있다는 것이다. 심지어 지구도 그중 하나라는 사실을 담대하게 표현하고 있다. "숲을 깎고 땅을 쪼개 날마다 눈물을 뽑아 먹"기까지 한다고 하니 시상의 전개가 매우 역동적이다. 미시적 관점에서 거시적 관점으로 나아가는 상상력의 진폭이 넓고 크다. '지구의 눈물'이라는 제목이 암시하듯, 이 시는 사람 때문에 훼손되고 파괴되는 현상을 안타까운 시선으로 바라본다. 따라서 시를 읽는 독자로 하여금 생명을 풍요롭게 하는 열매들뿐만 아니라, 지구 전체를 소중히 여겨야 한다는 것을 일깨워 준다. 시끄러운 구호나 단체의 집단 움직임이 아니라도 의미 있는 시가 이토록 잔잔하게 마음의 북을 두드린다. 가만히 따르는 물이 잔을 더 가득 채우듯 고요한 시가 은근한 힘이 있다는 것을….

매화가 필 무렵

복효근(1962~)

매화가 핀다

내 첫사랑이 그러했지
온밤내 누군가
내 몸 가득 바늘을 박아 넣고
문신을 뜨는 듯
꽃문신을 뜨는 듯
아직은
눈바람 속
여린 실핏줄마다
핏멍울이 맺히던 것을
하염없는
열꽃만 피던 것을……

십수삼 년 곰삭은 그리움 앞세우고
첫사랑이듯
첫사랑이듯 오늘은
매화가 핀다

****

아직도 잔설이 드문드문 눈에 뜨인다. 지역에 따라 눈이 조금은 더 올 것 같다. 어렸을 땐 눈이 오는 것이 참 좋았다. 눈만 오면 밖으로 뛰쳐 나가 꽁꽁 어는 것도 잊은 채 눈사람도 만들고 눈싸움도 하곤 했다. 그러다가 철들기 시작할 무렵부터 첫눈이 내리면 왠지 두근거리고 남학생들을 보면 부끄러워서 빨개지곤 했다.

시적 화자의 첫사랑은 매화가 필 무렵 시작되었나 보다. 아니면 엄동설한에 피는 매화처럼 그렇게 사랑의 싹이 움트기 시작했든지. 지금은 칼바람이 부는 영하의 계절이다. 그래도 언 땅 아래 뿌리들은 모진 시간을 견디며 봄을 맞을 준비를 하고 있으리라. 꽃 피는 것이 어디 그리 쉬운 일인가. 매화는 일찍 핀다고 하여 조매早梅라고도 하고 눈 속에서 핀다고 하여 설중매雪中梅라고도 한다. 그만큼 추운 겨울을 이겨내고 피어나는 꽃이 매화이다. 그래서 꽃 중의 꽃이라 하여 화형花兄이라고도 하고 꽃말도 인내, 고결, 기품이다.

시인은 매화가 피는 상황을 첫사랑 때의 감정에 비유하여 표현했다. 누구든지 첫사랑의 추억 하나쯤은 간직하고 있다. 열병을 앓으며 사랑의 고통으로 가쁜 숨을 몰아쉬던 때가 있었다. 얼마나 힘들었으면 "내 몸 가득 바늘을 박아 넣고/ 문신을 뜨는 듯"하다고 할까. 하지만 힘들어도 "꽃문신"을 뜬다고 하니 아름다운 고통이다. 더욱이 "눈바람 속/ 여린 실핏줄마다/ 피멍울"이 맺히고 하염없이 "열꽃"만 피던 사랑이니 오죽 힘들었을까. 시적 화자는 "십수삼 년 곰삭은 그리움을 앞세우고" 매화가 핀다고 한다. 그런데 이토록 오랜 그리움의 끝자락에 피는 매화가 "첫사랑이듯 첫사랑이듯" 핀다고 되풀이해서 강조하고 있다. 이 시의 묘미는 동일한 시어와 시구의 반복에 있다. 처음 시를 여는 연이자 행이 바로 "매화가 핀다"인데 마지막 행도 마찬가지이다.

한 편의 시에서 리듬은 본질적인 구성 요소이다. 이 시는 시어나 시행의 반복을 통하여 음악적 효과를 나타냄으로써 시의 분위기를 봄의 생동감으로 이끌고 있다. 시의 제목이 "매화가 필 무렵"이니 한 송이 꽃을 피우기 위해 뿌리가 어둠의 시간을 견디며 얼마나 치열하게 움직였을지 상상해 본다. 머지않아 매화 향기 자욱한 봄이 오리라. 매화 향기는 코로 맡는 것이 아니라 '귀로 듣는 향기'라 했다. 잠잠히 자신을 돌아보며 봄을 기다릴 때 비로소 그 향기 들려오는 것을.

빨랫줄

서정춘(1941~)

그것은, 하늘 아래
처음 본 문장의 첫줄 같다
그것은, 하늘 아래
이쪽과 저쪽에서
길게 당겨주는
힘줄 같은 것
이 한 줄에 걸린 것은
빨래만이 아니다
봄바람이 걸리면
연분홍 치마가 휘날려도 좋고
비가 와서 걸리면
떨어질까 말까
물망울은 즐겁다
그러나, 하늘 아래
이쪽과 저쪽에서
당겨주는 힘
그 첫 줄에 걸린 것은
바람이 옷 벗는 소리
한 줄뿐이다

****

오랜만에 정겨운 시어 '빨랫줄'을 읽는 즐거움이 밀려온다. 언제부터인가 옥상이나 마당에 걸린 빨랫줄이 눈에서 서서히 사라지기 시작했다. 1960년대에 아파트가 보급된 이후 80년대에 이르면서 대중화가 되었다. 오밀조밀 산비탈 아래 단독주택과 다세대주택들이 몰려 있는 동네엔 사람 사는 냄새가 구수하다. 연탄불을 갈기 위해 나오다가 눈이 마주치면 서로 인사를 나눈다. 옥상에는 나일론 빨랫줄에 알록달록한 꽃무늬 팬티에서부터 축 늘어진 러닝셔츠, 파자마, 양말 등이 널려 있다. 이런 풍경이 성냥갑 같은 아파트가 세워지면서 빠른 속도로 사라져 갔다.

시인이 소재로 선택한 것이 빨랫줄이고 동시에 시의 제목이기도 하다. 잊혀져 가는 것들, 사라져 가는 것들, 추억 속에 머물고 있는 것들을 시의 공간으로 불러낸다. 제목에서부터 주의를 환기하면서 독자로 하여금 상상의 나래를 펴게 한다. 바람이 살랑 불고 파아란 하늘이 높게 펼쳐진 봄날엔 빨래 널기에 참 좋다. 봄바람에 깨끗한 빨래가 흔들거리면 바람을 타고 어디론가 날아가고 싶은 생각이 가득해진다. 아니면 친구들이랑 소쿠리 들고 봄 들녘에 가서 쑥을 캐거나 논두렁, 밭두렁을 걷고 싶은 상념에 잠기게도 한다.

그런데 시인은 이런 소박하고 느슨한 감정 대신 "하늘 아래 처음 본 문장의 첫 줄"을 선택했다. 빨랫줄을 서정적 밀도가 높은 이미지로 압축한 것이다. 서정시에서 흔치 않은 '그것은 ～이다'라고 단언적으로 표현함으로써 독자를 순간 긴장하게 만든다. 그리고 계속해서 의미심장한 문학적 수사가 이어진다. 즉 빨랫줄이 다시 "하늘 아래 이쪽과 저쪽에서 길게 당겨주는 힘줄"로 바뀐다. 서정성이 짙은 제목과 달리 시의 앞부분에서 예리한 긴장을 유지하다가 구체적인 시어 "빨래"가 등장한다. 빨랫줄에 걸리는 것은 빨래만이 아니고 봄바람도 걸려 "연분홍 치마가 휘날"리는 풍경이 제시된다. 그런가 하면 시인의 상상 날개가 자유자재로 빗방울이 걸린 빨랫줄에 머물기도 한다. 아슬하게 달린 물방울이 "즐겁다"는 의인화를 통하여 독자도 읽는 기쁨을 만끽한다.

하지만 다시 긴장 모드로 돌아간다. 접속어 "그러나"를 선택함으로써 이완이 된 독자들의 관심을 집중시킨다. 빨랫줄이 "하늘 아래 이쪽과 저쪽에서 당겨주는 힘"이라고 강조하면서 눈부신 서정의 세계로 이끈다. "첫 줄에 걸린 것은 바람이 옷 벗는 소리 한 줄뿐"이라는 수사는 시인의 문학적 역량을 단번에 가늠하게 한다. 이 시는 긴장-이완-긴장이라는 시적 구조를 중심축으로 명편 서정시가 어떤 것인지를 보여준다. 붉은 그리움으로 진달래가 피고 산수유가 꽃망울 터뜨리는 봄날이다. 이제 마음의 빨랫줄을 찾아서 파란 꿈을 매달고 봄을 맞이할 때다.

아버지의 빛

신달자(1943~)

아버지를 땅에 묻었다
하늘이던 아버지가 땅이 되었다

땅은 나의 아버지

하산하는 길에 발이 오그라들었다

신발을 신고 땅을 밟는 일
발톱 저리게 황망하다

자갈에 부딪혀도 피가 당긴다.

****

　1999년 시집『아버지의 빛』이 출간되었다. 이 시는「아버지의 빛」연작시 중 맨 처음에 실린 작품이다. 시집 후반부에 시를 위한 아포리즘 형식으로 〈증오와 연민 사이에서〉라는 제목 아래 짧은 단상이 기록되어 있다. 여기서 시인은 "내게 있어 시는 내 자전적 거울"이라고 토로한다. 본래 서정시는 시인이 대상에 대해 느낀 감정을 밀도 있는 언어로 고백하는 양식이다. 시인의 특별한 경험을 기억의 재구성을 통하여 압축의 언어로 표현하는 것이 본질이다. 그런 맥락에서 이 시는 시인의 가족사 즉 아버지와의 구체적인 경험과 장례 후의 감정을 바탕으로 창작되었다.

　시인에게 아버지는 하늘이었다. 하늘은 자식에게 어떤 대상인가. 그것은 항상 바라보거나 우러러보는 대상이다. 가까이 가고 싶어도 갈 수 없고 닿을 수 없는 아득히 먼 곳이다. 그런 대상인 아버지를 땅에 묻었을 때 자식은 돌이킬 수 없는 슬픔의 전율에 휩싸인다. 자식으로서 역할을 다하지 못한 죄책감, 혹은 아버지를 원망했거나 아버지로부터 받은 상처의 응어리들이 한꺼번에 와르르 쏟아져 내렸을 것이다. 하지만 시인은 슬프다거나 원망스럽다거나 하는 감정 대신 섬세한 서정의 압축으로 이별의 슬픔을 미학적으로 완성하였다.

하늘이던 아버지가 밟고 다니는 땅이 되었으니 얼마나 황망한 일인가. 그래서 하산 길에 발이 오그라들고 "신발을 신고 땅을 밟는 일/ 발톱 저리게 황망하다"는 시구가 탄생한다. 언어를 조탁하는 솜씨가 장인의 손길에 가 닿으니, 시를 읽는 독자의 심경이 바닥을 알 수 없는 슬픔에 깊이 공감하게 된다. 특히 "자갈에 부딪혀도 피가 당긴다"는 마지막 시행은 내면화된 슬픔의 파장을 극도로 절제된 감정의 응축으로 표현한 명구이다. 이때 우리는 일인칭 고백의 특징을 지닌 서정시의 영역이 확장되어 가는 진경을 체험하게 된다. 현세에서 하늘이던 아버지가 떠난 후에 땅의 아버지가 되어 자식에게 빛으로 함께 하는 큰 사랑이 울림을 준다. 유와 무는 서로 살게 해 준다는 유무상생有無相生의 이치를 묵상해 보는 초여름날이다.

포옹이 주는 위로

신현림(1961~)

우리는 꼭 껴안았다
껴안을 땐 서로 부드러운 스펀지가 되어
서로의 염려와 슬픔을 빨아들인다
우리가 껴안는다는 건
나는 네 안에 있어
언제 어디서든 외로워하지 말라는 뜻

기쁨은 함께 나눌 때 배가 되니
같이만 있어도
행복이란 고래가 하늘로 날아오른다
누군가 혼자 있을 때
말해 보는 것
"이리로 와 함께 얘기해요"

사람은 그저 누군가가
옆에 있기만 해도 살아갈 수 있다

고래가 하늘로 날아오른다

****

어쩐지 포옹이라는 단어는 생소하다. 우리 문화권에서는 익숙하지 않기 때문이다. 주로 서양 영화에서 포옹하는 장면을 자주 보곤 했다. 그런데 요즘 젊은 세대에게는 그리 낯선 것도 아니다. 간간이 젊은 연인들이 포옹하고 있는 모습을 볼 때가 있다. 하지만 요즘처럼 코로나19로 떠들썩할 때는 만나는 것조차 조심스럽고 더욱이 포옹은 일상에서 먼 단어가 되었다. 일명 '사회적 거리 두기'를 해야 하기 때문이다. 친구든 동료든 누구라도 지금은 만나지 않는 게 좋다. 그래서 사람이 유독 더 그립다.

이 시는 "포옹이 주는 위로"라는 제목이 눈길을 끈다. 시의 첫 행 "우리는 꼭 껴안았다"라는 다소 도발적인 표현으로 낯선 세계로 진입하게 된다. 포옹을 하면 "서로 부드러운 스펀지"가 되어서 "서로의 염려와 슬픔을 빨아들인다"고 할 만큼 그 힘에 대하여 강조한다. 시의 화자는 "우리가 껴안는다"는 것은 내가 "네 안에 있으니/ 언제 어디서든 외로워하지 말라"는 뜻이라고 한다. 그런데 살면서 얼마나 포옹을 해 보았는지 생각해 보니, 기억이 잘 나지 않는다. 그만큼 포옹은 선뜻 실행하기가 쉽지 않다.

다음 연에서 시의 화자는 "같이만 있어도/ 행복이란 고래가 하늘로 날아"오를 만큼 곁에 있는 것만으로도 위로가 된다는 것이다. "행복이란 고래가 하늘로 날아오른다"는 신선한 감각적 표현을 통해, 함께 있거나 포옹을 하면 바로 행복이 밀려올 것 같다. 또한 그 기분으로 하늘까지 닿을 듯하니 말이다. "사람은 그저 누군가가/ 옆에 있기만 해도 살아갈 수 있다"고 하니 더욱 그런 사람이 그리워진다. 지금은 서로 포옹하기 어려운 시기이지만 따뜻한 위로의 말과 글로 포옹할 수가 있다. 그리운 이들에게 당장 연락을 하고 싶다. 말로 포옹하는 그때도 고래가 하늘로 날아오를 수 있을 것이니. 따뜻한 시가 우울한 마음에 기쁨의 꽃을 활짝 피운다.

그때 울었다

심상옥(1945~)

파를 뽑았더니 흙이 묻어 나온다
뽑히지 않으려는 듯 뿌리는 완강하다
흙 속에 든 뿌리를
뿌리째 뽑다니!

사람 속 어디까지 파고든 내가
뿌리째 뽑히는 것 같아
나를 잡듯 뿌리를 잡아본다
어느새
흙 속을 파고 내가
뿌리처럼 들어가 있었다

그때 나는
파를 뿌리째 뽑는 손을 보았다
뽑히는 것이 뿌리만이 아니었다
파를 뽑는 손이
사람까지 뽑아낸다는 것을
파는 파파파
파열음을 내며 신음한다는 것을

그러나 아무도
그 소리를 듣지 못했다

그때
알렉스 헤일리의 소설 『뿌리』가 생각나
파처럼 나는 맵게 울었다

****

언제 사람은 눈물을 흘릴까. 어릴 적 선친께서 부르시던 〈비 내리는 고모령〉의 가사가 생각난다. "어머님의 손을 놓고 돌아설 때에/ 부엉새도 울었다오. 나도 울었소." 징용에 끌려가는 아들의 참담한 심정을 표현한 노래인데 지금도 들으면 눈물이 핑~ 돈다. 사람은 슬플 때, 가슴 아플 때도 울지만 억울할 때도 눈물을 흘린다. 오래전 졸시 「슬픔의 비화」에서 "모든 인간은 슬퍼할 그때 사람이다"라고 표현한 적이 있다. 슬픔에 젖어 눈물을 흘리는 모습에 사람의 향기가 묻어 있다는 생각에서이다. 어떤 슬픔에 거짓이 들어 있겠는가. 물론 악어의 눈물이 암시하듯 거짓으로 눈물을 자아내는 경우도 있다. 하지만 사람에게는 선천성 그리움이 있듯 선천성 슬픔도 배태되어 있다.

이 시는 「그때 울었다」라는 제목으로 그때에 대한 궁금증을 유발시킨다. 대개 매운 파나, 양파를 깔 때 저절로 눈물이 찔끔 나온다. 그런데 시인은 직접 파를 뽑다가 뿌리째 뽑힌 파를 보며 자신이 흙 속을 파고 "뿌리처럼" 들어가 있다는 상상에 이른다. 이어서 파를 뽑는 일이 뿌리까지 뽑는 일이라는 걸 생각하며 "파를 뽑는 손이/ 사람까지 뽑아내는 것을" 간파한다. 예사롭지 않은 시인의 눈으로 독자도 그런 함의를 캐는 대열에 합류하는 기쁨을 누리게 된다. "파파파/ 파열음을 내며 신음"하는 파의 고통을 헤아리는 시인 앞에서 옷깃을 여미게 된다. 아무도 파의 신음 소리를 듣지 못하지만, 시인만은 들을 수 있는 특별한 귀를 지니고 있기 때문이다.

자, 시적 화자가 언제 울었을까. 바로 알렉스 헤일리의 소설 『뿌리』가 떠 올랐을 때 눈물이 나왔다는 거다. 표현의 묘미는 마지막 행 "파처럼 나는 맵게 울었다"는 데에 있다. 미국에서 인종 차별을 받으며 살아온 흑인들의 뿌리에 대한 스토리가 시인의 감성 촉수에 맞닿은 그때, 학대받는 자의 슬픔과 한이 나의 슬픔과 한으로 수용된 것이다. 시인을 일컬어 자기 울음만을 우는 자가 아니라 남의 울음을 울어 주는 곡비와 같다고 한다. 앞으로 파가 내는 고통에 찬 파 열음에 귀를 기울여야겠다. 어디선가 신음하는 소리, 울음 없는 울음을 우는 소리가 들리는 듯하다. 벌써 구세군의 종 소리가 들리는 12월이다.

엄마는 그래도 되는 줄 알았습니다

심순덕(1960~)

엄마는
그래도 되는 줄 알았습니다
하루 종일 밭에서 죽어라 힘들게 일해도

엄마는
그래도 되는 줄 알았습니다
찬밥 한 덩이로 대충 부뚜막에 앉아 점심을 때워도

엄마는
그래도 되는 줄 알았습니다
한겨울 냇물에서 맨손으로 빨래를 방망이질해도

엄마는
그래도 되는 줄 알았습니다
배부르다 생각 없다 식구들 다 먹이고 굶어도

엄마는
그래도 되는 줄 알았습니다
발뒤꿈치 다해져 이불이 소리를 내도

엄마는
그래도 되는 줄 알았습니다
손톱을 깎을 수조차 없이 닳고 문질러져도

엄마는
그래도 되는 줄 알았습니다
아버지가 화내고 자식들이 속 썩여도 전혀 끄떡없는

외할머니 보고 싶다.
외할머니가 보고 싶다 그것이 그냥 넋두리인 줄만-

한밤중 자다 깨어 방구석에서 한없이 소리 죽여 울
던 엄마를 본 후론
아! 엄마는 그러면 안 되는 것이었습니다

****

　사람답게 잘 사는 것이 무엇일까. 이것은 삶의 질과 밀접한 관련이 있다. 우리는 물질이 풍요한 시대를 살고 있다. 하지만 물질이 우리를 행복하게 하는 것만은 아니다. 오히려 풍부한 물질을 누리면서 정신적으로는 더 빈곤한 삶을 살기도 한다. 세계 4대 시성이라 불리는 독일 문호 괴테도 일생 동안 행복했던 시간은 겨우 17시간이었다고 고백한 적이 있다. 그만큼 행복한 삶을 살기가 무척 쉽지 않은 것 같다. 그래서 "사람이 떡으로만 사는 것이 아니라 하나님의 말씀으로 산다"(신명기 8:3)는 성경 말씀이 더욱 절실하게 다가온다.

　모든 생명체는 먹어야 산다. 오랫동안 굶으면 다른 어떤 것도 생각나지 않는다. 우선 먹는 문제가 해결되어야 무엇이든지 할 수 있다. 그런데 이런 기본적인 욕구가 충족되었다 할지라도 인간에게는 늘 허기가 따른다. 그것은 정신적 허기가 채워지지 않기 때문이다. 육체의 밥뿐만 아니라 정신의 밥도 필요한 것이다. 그런데 엄마는 이런 육체의 밥을 먹지 않고도 배부를 수 있는 존재이다. 마른 논에 물들어가는 것과 자식 입에 밥 들어가는 것을 보고만 있어도 배가 부르다는 옛말을 보아도 그렇다.

　이 시는 바로 그런 엄마에 대한 인식과 아우라를 깨트

린다. "엄마는 그래도 되는 줄 알았다"라는 제목이 암시하듯 시적 화자는 엄마에 대한 자신의 인식이 잘못되었음을 깨닫는다. 엄마가 죽어라 힘들게 일을 해도, 대충 끼니를 때워도, 심지어 식구들 다 먹이고 굶고 있어도 되는 줄 알았다는 것이다. 얼마나 어리석고 못난 자식인가를 돌아보게 한다. "아버지가 화내고 자식들이 속 썩여도 전혀 끄떡없는" 원더우먼의 엄마도 희로애락의 감정을 지닌 한 인간이라는 것을 철부지 자식은 몰랐다. 하지만 이런 엄청난 능력을 지닌 엄마가 한밤중에 몰래 눈물을 흘리시는 것을 본 시적 화자는 충격을 받는다. 그리고 비로소 진실과 마주하게 된다. 엄마의 깊고도 넓은 사랑을 깨닫는 순간이다.

시에 표현된 진정성으로 독자의 가슴에 잔잔한 파문이 인다. 이 시는 "엄마는/ 그래도 되는 줄 알았습니다"라는 1,2행을 각 연마다 반복함으로써 음악성을 잘 살려내고 있다. 미학적 반복을 통해 독자들을 지속적으로 시의 틀 안으로 견인한다. 마지막 연에서 진실을 토로함으로써 반전의 묘미를 배가시킨다. 시인의 숨결과 자전自傳이 시가 된다는 어느 시인의 말이 떠오른다. 이 시는 온몸에서 길어 올린 엄마에 대한 사랑의 고백이 자식인 우리 모두의 혈관을 타고 흐른다. 진솔함이 사람의 빗장을 열게 하는 최고의 열쇠인 것을….

스며드는 것

안도현(1961~)

꽃게가 간장 속에
반쯤 몸을 담그고 엎드려 있다
등판에 간장이 울컥울컥 쏟아질 때
꽃게는 뱃속의 알을 껴안으려고
꿈틀거리다가 더 낮게
더 바닥 쪽으로 웅크렸으리라
버둥거렸으리라 버둥거리다가
어찌할 수 없어서
살 속으로 스며드는 것을
한때의 어스름을
꽃게는 천천히 받아들였으리라
껍질이 먹먹해지기 전에
가만히 알들에게 말했으리라

저녁이야
불 끄고 잘 시간이야

****

봄의 포구는 약동하는 기운으로 가득 찬다. 바다에서 갓 잡혀서 올라온 쭈꾸미, 꽃게, 간재미, 도다리, 참숭어 등등. 푸른 파도를 머금은 해산물들이 풍성하다. 가게의 수족관마다 바다의 싱싱한 소리로 출렁이고 있다. 봄에는 알이 꽉 찬 햇꽃게를 찾아 포구로 향하는 걸음들이 분주하다. 4월과 5월이 꽃게철이니 깊은 맛의 향기를 잊지 못하는 것이리라. 쏟아지는 햇살과 차오르는 온도로 나른해지면 주말에 한 번 포구를 찾아가 보시라.

이 시는 간장게장을 만드는 과정에 대한 통찰과 예민한 감각이 잘 형상화되어 있다. 꽃게를 바라보는 시인의 특별한 눈을 통해 어미와 자식의 관계를 밀도 있게 담아낸다. "등판에 간장이 울컥울컥 쏟아질 때/ 꽃게는 뱃속의 알을 껴안으려고/ 꿈틀거리다가 더 낮게/ 더 바닥 쪽으로 웅크렸으리라" 아직 생명으로 온전히 태어나기 전인 알 상태의 새끼를 지키려는 어미 꽃게의 눈물겨운 모습이다. 사람이든 동물이든 새끼를 보호하려는 간절한 모성을 미시적 관점으로 밀착해서 생생한 현실감을 드러낸다. 이어서 "버둥거렸으리라 버둥거리다가"의 시행에 이르면 절박감이 극도에 다다른다. 버둥거리다는 단어가 과거·현재 시제로 반복됨으로써 죽음을 막고자 하는 저항이 얼마나 처절했는지 가늠할 수 있다.

이제 다는 믹을 수 없음을 삼시안 어미 꽃게는 숙음을 앞

둔 알들에게 마음을 추스르고 토닥이듯 말을 한다. "저녁이
야/ 불 끄고 잘 시간이야"라는 표현에서 평온하게 들리는
나지막한 목소리에는 어미의 뜨거운 사랑이 들어 있다. 시
의 전반부에 흐르는 압도적 긴장미가 후반의 포근한 두 행
에 의해 반전이 일어난다. 가슴 저리도록 슬프면서도 눈물
겹도록 아름다운 작품이다. 이런 시가 가만가만 스며들어
가족의 소중함과 따뜻한 소통을 묵상해 보게 한다.

1월

오세영(1942~)

1월이 색깔이라면
아마도 흰색일 게다.
아직 채색되지 않은 신神의 캔버스,
산도 희고 강물도 희고 꿈꾸는 짐승 같은
내 영혼의 이마도 희고,

1월이 음악이라면
속삭이는 저음일 게다.
아직 트이지 않은 신神의 발성법發聲法.
가지 끝에서, 풀잎 끝에서, 내 영혼의 현絃 끝에서
바람은 설레고,

1월이 말씀이라면
어머니의 부드러운 육성일 게다.
유년의 꿈길에서
문득 들려오는 그녀의 질책,
아가, 일어나거라,
벌써 해가 떴단다.

아, 1월은
침묵으로 맞이하는
눈부신 함성.

****

시의 첫 줄은 신이 준다고 했던가. 그만큼 시를 쓰기가 쉽지 않다는 뜻이다. 시상이 떠 오르는 처음 순간을 놓치지 않고 붙들어야 시를 써나갈 수 있다. 일단 쓰고 난 후 끝없는 퇴고의 과정이 뒤따른다. 당송팔대문장가 중 한 명인 구양수는 글쓰기의 기초인 3다(多讀, 多作, 多商量)를 설파하였다. 그는 시를 써서 벽에 붙여 두고 드나들 때마다 고쳤다고 한다. 어떤 시는 얼마나 고쳤던지 초고 때의 한 글자도 남아 있지 않았다는 일화가 있다.

정유년 새해가 밝았다. 수탉의 힘찬 울음소리와 함께 한 해가 시작되었다. 출발이 좋아야 결과도 좋은 법이다. 달리기도 스타트가 중요하기에 선수들은 초긴장 상태에서 준비 자세를 취한다. 한 해를 잘 보내기 위해 많은 사람들이 맹추위도 아랑곳하지 않고 해돋이를 보러 간다. 그만큼 처음이 소중하다. 첫 만남, 첫사랑, 첫눈, 첫 일출 등등. 그래서 1년 12개월 중 1월이 차지하는 비중은 무척 크다.

시인은 1월의 의미와 가치를 염두에 두고 시상을 전개한다. 1월의 색을 흰색에 비유하여 '아직 채색되지 않은 신의 캔버스'라고 표현한다. 산도, 강도 흰색이고 더욱이 영혼의 이마도 희다고 한다. 1월은 처음 시작되는 달이기 때문에 어떤 색도 칠할 수 있고 받아들일 수 있는 근원의 색,

흰색을 선택한 것이다. 참으로 신선한 발상이 아닌가. 원래 흰색은 순수, 순결, 진실을 의미한다. 천사의 옷도 흰색이고 신부의 웨딩드레스도 흰색이다. 흰색은 신성한 출발, 선한 의지, 맑고 깨끗한 영혼 등을 지칭하기도 한다. 시인은 흰색을 선택함으로써 새로운 시작과 무한한 가능성을 열어 두고자 한다.

2연에서 1월을 음악에 비유한 시인만의 개성이 돋보인다. 특히 "속삭이는 저음"이라고 표현함으로써 마치 곡이 연주될 때 피아니시모로 느리게 여는 음이 바로 1월이고, 게다가 "아직 트이지 않은 신의 발성법"이라고 표현함으로써, 1월이 미지의 가능성을 함유하고 있음을 암시한다. 나아가 1월을 "어머니의 부드러운 육성"에 비유하면서 독자로 하여금 해가 떴으니 어서 일어나라고, 일어나서 희망찬 걸음을 옮기라고 한다. 마지막연에서 1월이 "침묵으로 맞이하는 눈부신 함성"이라는 표현은 멋진 역설이다. 자칫 느슨하게 흐를 수 있는 서정의 분위기를 미적 긴장의 완결로 마무리 짓는다.

새해 첫 달이다. 모든 것이 열려 있다. 아직 마음을 다잡지 못한 누군가가 있다면 시에서처럼 영혼의 캔버스에 눈부신 그림을 그릴 준비를 하기를. '어린 양들아, 어서 일어나서 믿고 기도하며 잠잠히 길을 가라'는 음성이 들리는 듯하다.

해피 버스데이

오탁번

시골 버스정류장에서
할머니와 서양 아저씨가
읍내로 가는 버스를 기다리고 있다
시간이 제멋대로인 버스가
한참 후에 왔다

－왔데이!

할머니가 말했다
할머니 말을 영어인 줄 알고
눈이 파란 아저씨가
오늘은 월요일라고 대꾸했다

－먼데이!

버스를 보고 뭐냐고 묻는 줄 알고
할머니가 친절하게 말했다

－버스데이!

오늘이 할머니의 생일이라고 생각한
서양 아저씨가
갑자기 노래를 부르기 시작했다

−해피 버스데이 투 유!

할머니와 아저씨를 태운
행복한 버스가
힘차게 떠났다

****

문학은 언어로 이루어진 예술이다. 그중에서도 시는 다른 문학 장르에 비해 특히 언어에 더 민감하다. 짧은 형식에 몇 개 안 되는 시어로 삶의 희로애락이나 자연에 대한 감정을 압축해서 표현하기 때문이다. 그래서 시인을 일컬어 언어의 연금술사라고도 한다. 그만큼 시인은 언어를 잘 다루어야 한다. 시를 쓸 때 시인은 첨예한 언어 선택을 하기 위해 많은 시간과 노력을 기울인다. 설령 시 쓰는 재능을 타고난 시인이라 할지라도 시어를 찾기 위해 숱한 고민을 하게 된다. 시 한 편이 완성되기까지 짧게는 한 달, 길게는 수년이 걸리는 경우도 있다. 최소의 언어로 최고의 예술품이 탄생되는 과정이기 때문이다.

시인은 대학에서 교편을 잡다가 퇴직 후 고향 제천에 가서 폐교를 문학관으로 개조해서 지내고 있다. 흙을 일구고 거름을 주면서 텃밭을 가꾸는 생활을 한다. 자연과 더불어 사는 삶 속에서 시인은 많은 걸 배우고 깨달았을 것이다. 대개 그의 시는 읽다 보면 입꼬리가 자꾸 올라갈 정도로 재미가 있다. 그만의 천진난만과 유머 감각으로 시어를 빚어낸다. 평소 국어사전을 곁에 두고 지낼 만큼 우리 말에 대한 애정이 남다르다.

소통과 공감이 필요한 시대이다. 이런 때 시골 할머니

와 외국인이 서로 주고받는 대화를 소재로 엮은 시가 웃음을 자아내게 한다. 시골 할머니가 사투리로 독백처럼 한 말을 눈이 파란 아저씨 외국인이 영어로 알아들으며 주고받는 광경이다. 시의 후반부에 서양 아저씨가 친절하게도 생일 축하 노래를 부르는 장면이 있다. 이렇게도 사람과 사람 사이에 훈훈한 소통이 이루어진다니…. 옛말에 귀를 기울이면 사람의 마음을 얻을 수 있다는 이청득심以聽得心이 떠오른다. 시인의 멋진 시작 솜씨 덕분에 '행복한 버스'를 타는 기쁨이 차오른다. 시는 삶에서 건져 올린 보석과 같다는 말에 공감이 가는 날이다.

하늘

위선환(1941~)

면도날을 사용한 듯, 머리 위 저어 높이에서부터
지평선 저어 너머까지
주욱 내리그은 칼금,
의
주욱 갈라진 틈새,
의
뒤쪽이 내다보이고…… 가맣다

며칠째 갠 날이다 아침에는 A4용지에 손끝을 베이
었다

****

시란 무엇일까? 눈이 부시도록 높푸른 하늘을 보며 생각에 잠긴다. 많은 시이론가들이 시에 대한 정의를 내렸지만 이렇다 할 결론은 없다. 결국 "시에 관한 정의의 역사는 오류의 역사"라는 T.S.엘리엇의 말에 공감이 간다. 시는 함축적 언어로 표현된 예술이므로 독자는 시어를 통해 전달되는 비의를 느끼는 것이다. 사람의 심장은 하루에 십만 번씩 박동한다. 이 규칙적인 박동이 어떤 심리적, 정서적 자극이나 충격을 받으면 두근거리기 시작한다. 시는 그런 두근거림에서 싹이 돋는다.

지난여름은 참 길고 무더웠다. 작열하는 태양 아래 누구도 땀을 흘리지 않을 수 없었다. 뜨거웠던 여름날이 지나가는 길목에서 간간이 풀벌레 소리 들리고 선선한 바람마저 불면 가을의 기척을 느끼고 두근거린다. 그러다가 뜻밖에 아득히 멀리 높고 파아란 하늘이 펼쳐지면, 두근거리다 못해 황홀하기까지 하다. 그때 그곳에 시인의 눈길이 머물면 영롱한 이슬 같은 시가 탄생한다.

위선환 시인은 1960년 2월에 등단했지만, 40년간 절필한 것으로 잘 알려져 있다. 그는 시를 끊으면서 무척 가혹했다. 시를 쓰며 살아온 흔적들을 모조리 불태웠다. 그것은 자기 자신을 태우고 버렸던 것이나 다름없다. 쉽지 않은 선택이었다. 그야말로 사즉생死卽生의 길을 간 것이다. 공백 기간 동안 시인은 더 많은 성찰과 더 깊은 사유의 강을 건넜을 것이다. 그러면서 시인의 내면이 아주 견고해졌으리라.

하늘을 향한 끝없는 동경이 하늘가에 닿고 마침내 하늘 너머 비가시적인 세계에까지 이르렀다. 이 시는 수행자가 오랜 수련 후 관조를 통해 마음의 눈으로 그린 한 점 풍경화를 보는 듯하다. 여러 설명이 필요 없다. 비유로 표현된 하늘과 하늘 틈새와 하늘 너머까지 간파하는 놀라운 상상의 날개 덕분에 가뿐하다. 시는 설명이 아니라 전달되는 것이므로 독자는 시를 느끼면 된다. 이 시에서는 행간이 중요한 역할을 한다. 여백의 미도 한껏 느낄 수 있게 한다. "면도날을 사용한 듯"한 시적 감각이 예사롭지 않다. "주욱 내리 그은 칼금,/ 의/ 주욱 갈라진 틈새,/ 의" 행간을 읽다가 독자도 날카로운 감각의 칼날에 베이는 기쁨을 누린다. 무한한 깊이와 높이가 전해져 오는 명편이다. 어느 새 마음 기슭에 하늘물빛이 스며든다.

세한도 가는 길

유안진(1941~)

서리 덮인 기러기 죽지로
그믐밤을 떠돌던 방황도
오십령 고개부터는
추사체로 뻗친 길이다
천명이 일러주는 세한행歲寒行 그 길이다
누구의 눈물로도 녹지 않는 얼음장 길을
닳고 터진 알발로
뜨겁게 녹여 가라신다
매읍고도 아린 향기 자오록한 꽃진 흘려서
자욱자욱 붉게붉게 뒤따르게 하라신다

****

시인의 눈은 특별하다. 그에겐 현미경이나 망원경이 필요하지 않다. 그런 기계나 도구가 없어도 대상에 깃든 세세한 것을 볼 수 있고, 그 너머의 세계도 간파할 수 있다. 그는 대상 속에 숨은 비의를 찾아내는 눈을 가지고 있다. 그래서 그는 달과 해가 있는 곳에 갈 수 있고, 새로운 별을 발견하기도 한다.

시인의 눈이 추사 김정희의 세한도에 가 닿았다. 세한도는 추사가 1840년 유배지 제주도에서 모든 걸 잃고 고립되어 있었을 때, 애제자 이상적에게 그려 준 그림이다. 권력보다 의리를 택한 제자에게 주려고 거친 종이 세 장을 이어붙여 설원에 사람 없는 토담집 한 채, 그 집을 둘러싼 네 그루의 소나무와 잣나무를 그린 소박한 수묵화이다. 하지만 이 그림은 국보 180호로 문인화의 최고봉이라 일컫는다. 시인은 세한도에서 겉으로 보이는 풍경보다는 추사의 마음속을 천착하였다. 그의 처연한 심경, 외롭고 힘든 처지를 안으로 녹이고 걸러낸 절제된 내면을 붙든 것이다.

세한도 가는 길은 천명이 일러 준 길이다. 하늘의 명령은 누구도 거역할 수 없다. 시인은 그런 길은 아무나 가는 길이 아니라 "오십령 고개부터" 가야 한다는 것이다. 그 길이 바로 세한歲寒의 길 "추사체로 뻗친 길"이라고 한다. 이런 탁월한 비유가 시의 제목과 어우러져 멋진 시가 탄생한다. 시인은 세한행 길이 "누구의 눈물로도 녹지 않는 얼음장 길"이며, 이 길을 가기 위해선 "닳고 터진 알발로/ 뜨겁게 녹여 가라"시는 준엄한 명령임을 강조한다. 그래서 "매웁고도 아린 향기 자오록한 꽃진"을 흘려서라도 "붉게붉게" 가라는 것이니 시적 화자의 강인한 의지와 순종의 자세가 동시에 돌올하게 드러난다. 이 시는 시 전체를 관류하는 서정의 축이 미학적 긴장을 줄곧 유지하면서 서정시의 한 진경을 보여주고 있다.

새해, 찬란한 태양이 떠올랐다. 모두 간절한 마음으로 기도를 드렸으리라. 시에서 보여주는 매운 얼음 정신으로 한 걸음씩 나아가자. 그러면 우리 내면의 자장이 한결 뜨거워지고 더욱 단단해지리라. 또한 추사가 세한도에 찍은 인장 '장무상망長毋相忘' 즉 오래도록 서로 잊지 말자!도 되새겨 보자. 시류, 권력, 명예 같은 것에 휘둘리지 않고 서로 배려하고 섬기는 삶, 사람의 향기 그윽한 품과 격을 지닌 삶이 기다릴 것이니.

꽃길

유자효(1947~)

당신을 만난 것에 감사합니다
함께 해온 시간들에 감사합니다
당신을 만남으로서 탄생한 생명들에 감사합니다
당신이 곁에 있어서 나의 눈이 트였고
세상이 보였습니다
밤길도 무섭지 않았습니다
함께 걸어온 길은 꽃길
가시밭길도 때로 아름다울 수 있다는 것을 보여준
당신에 감사합니다
앞으로 걸어갈 길도
마지막 떠날 그 길도
당신과 함께라면 언제나 꽃길
멀리 있어도
홀로 있어도
당신의 마음과 함께 있으면
그것은 또 언제나 꽃길

****

살면서 꽃길만 걸을 수 있을까. 길 위에 살고 있는 그 누구도 그런 길만을 걸을 수는 없다. 인생이라는 길이 녹록치 않다는 것을 알고 있으므로 꽃길은 먼 길일 뿐이리라. 길을 가다 보면 칼바람도 맞고 눈보라에 휩쓸릴 때도 있다. 때로는 쏟아지는 폭우에 겨우 목숨만 부지하기도 한다. 그만큼 삶은 어둡고 긴 터널을 통과하는 과정이다. 그래도 터널이기 때문에 언젠가 빛이 보일 것이라는 믿음으로 어둠을 견딜 수 있다. 하지만 빛이 보이지 않는 동굴 속에 갇히게 되면 그야말로 진퇴양난의 상황에 부닥친다. 그때 빛으로 오신 그분의 손길이 간절히 필요한 것이다.

시인은 그 많은 길 가운데 유독 꽃길을 소재로 시를 지었다. 시의 제목으로 선택한 꽃길은 누구나 걷고 싶은 길이다. 그렇다면 꽃길을 걷는 사람은 정말 행복할까. 비록 자갈길을 걷더라도 감사하는 마음이 있으면 그 길이 바로 꽃길이 된다. 시적 화자는 시의 전반부에서 당신을 만난 그 모든 것에 감사하다고 고백한다. 당신이 어떤 존재이기에 '눈이 트였고', 비로소 세상이 보이게 되었는지 궁금해진다. 밤길도 무섭지 않을 만큼, 가시밭길도 아름답게 보일 만큼 당신은 대단한 능력자이다. "앞으로 걸어갈 길도/ 마지막 떠날 그 길도/ 당신과 함께라면 언제나 꽃길"이라고 단언하는 시적 화자의 믿음이 부럽기까지 하다.

이 시는 당신이라는 시적 대상을 통해 세상이 보이고 그로 인해 감사가 밀려오는 시간으로 독자를 이끈다. 함께 있으나 멀리 있으나 당신 때문에 나의 길은 꽃길이다는 확신에 이르게 하는 당신은 누구일까. 가까이는 가족일 수 있고 멀리는 친구나 연인, 나아가서는 절대자를 상상하게 한다. 현란한 수사나 어려운 비유가 전혀 들어 있지 않다. 또한 시를 읽으면 읽을수록 꽃길에 대한 소망을 가지게 한다. '감사합니다'와 '꽃길'이 계속 반복되는데도 시적 긴장이 떨어지지 않는다. 시어의 반복을 통한 음악적 효과에 빠져들기 때문이다. 언어를 다루는 시인의 솜씨가 무척 돋보인다. 시를 읽으며 질문이 솟아난다. 나는 지금 어떤 길을 걷고 있을까. 나의 삶도 누군가에게 꽃길이 될 수 있을까. 곁에 있는 사람들에게 꽃길이 되고 싶다. 그들을 더욱 사랑해야겠다.

가을 은유

유재영(1948~)

달빛이나 담아 둘까 새로 바른 한지창에
누구의 그림에서 빠져나온 행렬인가
기러기 머언 그림자 무단으로 날아들고

따라 놓은 찻잔 위에 손님같이 담긴 구름
펴든 책장 사이로 마른 열매 떨어지는
조용한 세상의 한때, 이 가을의 은유여

개미취 피고 지는 절로 굽은 길을 가다
밑둥 굵은 나무 아래 멈추어 기대보면
지는 잎 쌓이는 소리 작은 귀가 간지럽다

****

하늘이 점점 더 높푸르고 공기도 더 맑고 선선해지는 가을이다. 이토록 아름다운 자연을 빚으시는 창조주의 손길에 절로 감탄이 나온다. 이런 멋진 계절에 가을바람 소소히 부는 들길이나 산길을 걷고 싶다. 하지만 어디론가 이동하는 것조차 조심스럽고 그리운 사람을 만나고 싶어도 만날 수 없는 상황이 안타까울 뿐이다.

그런데 가을이 오는 소리와 모습을 잘 표현한 시를 통해서 작은 위로를 받는 것은 어떨까. 유재영 시인은 격조 있는 시와 시조를 쓰는 작가이다. 원래 이 시는 제목이 "은유로 오는 가을"이었는데 나중에 "가을 은유"로 바뀌었다. 시에서 은유는 매우 중요한 수사 기법이다. '그대는 아름답다'라는 직설적 표현 대신에 '그대는 장미' 또는 '그대는 코스모스'라는 은유적 표현이 훨씬 더 함축미가 있지 않은가.

이 작품은 시조로서 3수의 연시조 형식을 띠고 있다. "가을 은유"라는 제목이 암시하듯이 각 수마다 가을이 지닌 이미지를 시인의 깊은 사유를 통해 감각적으로 표현하고 있다. 새로 바른 한지창에 어리는 달빛을 기러기 날아가는 그림에 비유한다든지, "찻잔 위에 손님 같이 담긴 구름" "지는 잎 쌓이는 소리 작은 귀가 간지럽다"는 비유를 통해 독자를 가을의 고요 속으로 이끈다. 얼마나 몰입을 해야

"마른 열매 떨어지는 조용한 세상의 한때"를 천착할 수 있을까.

　가을이 와도 가을인 줄 모르고 사는 어수선한 세상에서, 가을의 정취를 한껏 담은 시로 가을이 오는 소리를 엿들을 수 있다. 가을이다. 부디 닫힌 가슴의 문을 살며시 열어 보시기를!

은빛 햇살

이건청(1942~)

무르팍쯤 바지 걷어 올리고
도랑물에 들어가면
겨우내 얼음장 밑
돌미나리 숲에 기대 살던,
여윈 송사리도 피라미도
보겠네,
얼음장 밑에서 겨울 다 견뎌 낸
작은 목숨들이 은빛 비늘 파르르
몸을 옮기겠네,
송사리도 피라미도
얼음 풀린 도랑에서 몸을 옮기며,
은빛 비늘
봄 햇살을 되비춰 내는
반짝, 반짝 되비춰 내는
은빛 햇살을 보겠네.

****

　모처럼 하늘에 '은빛 햇살'이 눈부시게 비친다. 햇살을 받는 사람들의 걸음도 무척 경쾌해 보인다. 미세먼지가 자욱한 하늘 아래에선 누구도 가벼운 맘으로 걷기가 쉽지 않다. 마스크를 쓰고 뿌연 하늘을 자꾸 쳐다보다 보니 가끔 곁에 있는 누군가의 존재마저 잊고 지낼 때도 있다. 우리가 숨 쉬는 세상이 어쩌다가 오염된 공기에 떠밀려 가게 되었을까.

　이런저런 생각에 잠기다가 맑고 깨끗한 공기가 흐르는 시 한 편과 마주한다. 대도시의 발전과 변화에 휩쓸려 살다 보면, 도랑물에 발 담그고 물의 촉감을 느끼던 때가 아득해진다. 그래도 '얼음장' 같은 삶에 청량수 역할을 하는 시가 있어 잠시 숨을 편히 쉴 수 있다.

　긴 겨울을 보낸 시인은 봄이 오는 길목에서 만물이 생동하는 기운을 전해주고 있다. 시 전편에 흐르는 은빛 리듬이 딱딱하게 굳어 있던 마음을 비집고 들어와 무장해제를 시킨다. 누가 있어 이토록 수월하게 마음의 빗장을 풀 수 있을까. 한 편의 좋은 시가 주는 힘의 비밀이 바로 여기에 있다. 시의 초반부에 '~보겠네', 중반부에 '~옮기겠네', 말미에 '~보겠네'와 같은 단어를 반복함으로써 리듬이 생겨난다. 하여 시를 읽는 독자들은 약동하는 봄의 대열에 동참하는 기쁨을 누리게 된다.

비록 초미세먼지와 황사 바람과 함께 오는 봄일지라도 어김없이 언 땅을 녹이고 나무들의 물관을 윤택하게 한다. 송사리나 피라미 같은 "작은 목숨들이 은빛 비늘 파르르" 떨게 하는 그런 힘이 봄 속에 들어 있다. 봄이 오는 속도에 맞추어 시인도 놀라운 언어의 연금술로 파릇한 봄을 노래한다. 이 시를 몇 번 낭송해 보시라. 그러면 가슴에 '은빛 햇살'이 반짝, 반짝~, 모두 봄사람이 되는 축복을 경험하리라. 바야흐로 봄의 축제가 시작되고 있다.

살다가 보면

이근배(1940~)

살다가 보면
넘어지지 않을 곳에서
넘어질 때가 있다

사랑을 말하지 않을 곳에서
사랑을 말할 때가 있다

눈물을 보이지 않을 곳에서
눈물을 보일 때가 있다

살다가 보면
사랑하는 사람을
사랑하지 않기 위해서
떠나보낼 때가 있다

떠나보내지 않을 것을
떠나보내고
어둠 속에 갇혀
짐승스런 시간을

살 때가 있다

살다가 보면

****

"동토에 떨어지는 한 톨 풀씨로 첫울음을 터뜨리며" 세
상에 태어났다는 시인. 그는 누구보다도 모국어에 대한 사
랑이 큰 작가이다. 그에게 세상에 태어난 가장 큰 축복이
무엇이냐고 물으면 "인류가 가진 말 가운데 가장 아름답고
우주 만물을 다 담아낼 수 있는 어머니 나라의 말씀"이라고
대답한다. 부친께서 독립운동가이셨기 때문에 할아버지 슬
하에서 소년기를 보냈다. 광복, 분단, 전쟁의 소용돌이 속
에서 홀어머니의 외동아들로 자란 시인은 겨우 글자를 익
히고 글을 쓰려고 붓을 들면, 울컥 솟구치는 것들이 가슴을
파고든다고 고백한 적이 있다. 이것은 시인의 가족사적 아
픔인 동시에 우리 모두가 겪은 시대의 아픔이기도 하다.

이 시는 한 번 주욱 읽고 나면 걸림이 없이 편안하게 시
의 메시지가 들어온다. 누구나 살면서 느끼고 깨닫게 되
는 것들을 시의 형식을 빌려 아름답게 표현하고 있기 때문
이다. 시적 화자가 고백의 어조로 담담하게 독백하는 것을
가까이에서 듣고 있는 느낌이 든다. 시의 어디에도 어려운
수사적 비유가 보이지 않는다. 아름답다고 하는 것은 어찌
보면 자연스러운 것이다. 물이 아래로 흘러가듯, 누에고치
에서 비단실이 줄줄 뽑혀 나오듯 그렇게 표현되어 있다. 어
색하거나 부자연스러운 구석이 도무지 눈에 띄지 않는다.
시인이 살면서 겪은 체험이 나의 체험이 되고 너의 체험이

되고 우리 모두의 체험이 된다. 넘어지지 않을 곳에서 넘어지고, 사랑을 말하지 않을 곳에서 사랑을 말하게 되며, 눈물을 보이지 않을 곳에서 눈물을 보이는 때가 누구에게나 있다.

시인의 특별한 체험이 독자의 보편적 체험으로 바뀌게 되는 경이가 이 시의 매력이다. 한 연씩 읽을 때마다 독자는 고개를 끄덕이면서 시 읽는 기쁨을 만끽하게 된다. 시인은 제목 '살다가 보면'을 마지막에 배치함으로써 시적 구성의 묘미를 잘 살리고 있다. "어둠 속에 갇혀/ 짐승스런 시간"을 살아낸 시인. 고산준령을 넘으며 숱한 비바람을 맞았을 텐데 그런 아픔과 슬픔이 시인 내면의 용광로 속에서 명품 도자기로 구워진 것이다. 자연스러운 아름다움이 녹아든 시 한편! 땅에 머문 마음이 높푸른 하늘가로 하염없이 날아오른다.

내가 만난 사람은 모두 아름다웠다

이기철(1943~)

잎 넓은 저녁으로 가기 위해서는
이웃들이 더 따뜻해져야 한다
초승달을 데리고 온 밤이 우체부처럼
대문을 두드리는 소리를 듣기 위해서는
채소처럼 푸른 손으로 하루를 씻어놓아야 한다
이 세상에 살고 싶어서 별을 쳐다보고
이 세상에 살고 싶어서 별 같은 약속도 한다
이슬 속으로 어둠이 걸어 들어갈 때
하루는 또 한번의 작별이 된다
꽃송이가 뚝뚝 떨어지며 완성하는 이별
그런 이별은 숭고하다
사람들의 이별도 저러할 때
하루는 들판처럼 부유하고
한 해는 강물처럼 넉넉하다
내가 읽은 책은 모두 아름다웠다
내가 만난 사람도 모두 아름다웠다
나는 낙화만큼 희고 깨끗한 발로
하루를 건너가고 싶다 .
떨어져서도 향기로운 꽃잎의 말로

내 아는 사람에게
상추잎 같은 편지를 보내고 싶다

****

좋은 시가 있으면 잘 쓴 시도 있다. 이런 분류 기준은 주관적이긴 하지만 좋은 시는 울림이 있다. 좋은 시는 읽을수록 마음이 편안해지고 훈훈한 기운을 그득하게 한다. 화려한 문학적 기교가 없어도 된다. 시의 중요한 구성 요소인 비유가 없어도 된다. 시적 대상을 바라보는 시인의 따뜻한 시선, 인간 본연에서 우러나오는 진정성으로 인해 독자의 심금에 가 닿는 것이다.

사회 곳곳에 불신과 갈등이 산재해 있다. 세대 간, 계층 간, 동서 간, 이웃 간, 가족 간 서로 포용하지 못하는 실정이다. 문명은 발달하는데 인간성은 갈수록 상실되어 가고 있다. 이런 시류에 대해 여러모로 의견을 나누고 방안을 모색한다. 하지만 눈에 띄는 해결책이 보이지 않는다. 중국 청나라 때 시인 원매는 시를 읽으면 운명이 아름다워진다고 했다. 시의 효용 가치에 대해 언급한 것인데 시가 어떤 힘이 있어서 그럴까. 시집 한 권이 커피 두 잔 값에도 못 미치는 작금의 상황에서 말이다.

시는 언어로 이루어진 예술이다. 언어에 대한 본질 규명은 인간이란 어떤 존재인가라는 질문과 직접 관련이 있다. 시인은 그런 언어를 재료로 최대의 가치를 창출하는 탁월한 창조 능력을 지닌 예술가이다. 어떻게 저녁의 잎이 넓을 수 있는가. 이 시는 초입에서부터 "잎 넓은 저녁으로 가기 위해서는/ 이웃들이 더 따뜻해져야 한다"고 강한 어조로 표현한다. 그러면 따뜻해지기 위해서 어찌해야 하는가. "채소처럼 푸른 손으로 하루를 씻어" 놓으면 된다고 한다. 또 "희고 깨끗한 발"도 필요하고 "떨어져서도 향기로운 꽃잎의 말"도 필요하다는 것이다. 이런 손과 발 그리고 말을 쓰려면 그전에 맑고 깨끗한 영혼을 지녀야 함을 알 수 있다. 시적 화자는 시의 말미에 "내가 읽은 책은 모두 아름다웠"고 "내가 만난 사람도 모두 아름다웠다"고 한다. 세상 부대끼며 살면서 좋은 사람만 만날 수 있겠는가. 모든 것을 긍정적 자세로 바라보면 비록 고통을 안겨준 사람이라도 포용할 수 있다. 시 전체를 관류하는 정조가 참 아름답고 풍요롭다.

좋은 시는 복잡한 미학적 장치를 두지 않고도 탄생한다. 사물과 사람에 대한 가없는 사랑의 시선으로 세상에 대한 온기를 이토록 잘 전할 수 있을까. 도공이 혼과 심미안을 담아 물레질을 하듯 언어를 빚어내는 시인의 솜씨가 참으로 능숙하다. "초승달을 데리고 온 밤"의 소리를 들으며 미워했던 누군가에게 "상추잎 같은 편지"를 쓰고 싶은 날이다.

옥상의 가을

이상국(1946~)

옥상에 올라가 메밀 베갯속을 널었다
나의 잠들이 좋아라 하고
햇빛 속으로 달아난다
우리나라 붉은 메밀대궁에는
흙의 피가 들어 있다
피는 따뜻하다
여기서는 가을이 더 잘 보이고
나는 늘 높은 데가 좋다
세상의 모든 옥상은
아이들처럼 거미처럼 몰래
혼자서 놀기 좋은 곳이다
이런 걸 누가 알기나 하는지
어머니 같았으면 벌써
달밤에 깨를 터는 가을이다

****

가을은 외갓집 장독대 항아리에도 와 있고 황금빛으로 익어가는 들녘 길섶에도, 장터에서 푸성귀를 파는 촌로의 손등에도 와 있다. 그런가 하면 빌딩 숲 사이 벤치에도 기웃거리고, 일자리를 찾아다니는 어느 발걸음에도 서성거리고 있다. 아침과 저녁의 일교차가 큰 그 간격만큼 우리들 가슴에도 가을이 스며들고 있다.

옥상의 빨랫줄에 걸린 하얀 속옷들이 가을바람에 흔들린다. 그리 넓지는 않지만 그렇다고 아주 좁은 곳도 아닌 옥상, 여기엔 어린 시절 꿈의 흔적들이 묻어 있다. 지금도 어디서 누군가는 옥상의 평상에 누워 끝없이 펼쳐진 뭉게구름 사이로 꿈의 엽서를 띄우고 있을지도 모른다.

메밀꽃 대궁은 붉어서 황토와 잘 어울린다. 붉은 꽃대궁에서 피워 올린 하얀 메밀꽃들이 소금을 뿌린 듯 일렁이는 밤이면, 시인이 아니라도 시를 쓰고 싶은 마음이 솟구치리라. 마음의 결을 스치는 가을 햇살처럼, 먼 데 그리움 언뜻 머무는 높푸른 하늘처럼 맑고 깨끗한 시인의 마음이 시 한 편에 녹아 있다. 어떤 관념의 찌꺼기나 군더더기 같은 게 말끔하게 정리된 시이다. 읽다 보면 어느새 동심으로 돌아가 혼자 옥상에서 "거미처럼 몰래" 놀고 있거나 고향 마루에 걸터앉아 있게 된다.

메밀밭이 지천인 강원도 특유의 정서를 바탕으로 담백하면서도 정밀하고 고요하면서도 동적인 이미지들이 조화를 이루고 있는 명징한 시이다. 오래 숙성되어 발효된 시의 향기가 은은한 달빛 타고 내면 깊숙이 다가오는 날이다. 창조주께서 지으신 계절에 대한 감사로 마음 하늘에 보름달이 두둥실 떠오른다.

새해의 기도

이성선(1941~2001)

새해엔 서두르지 않게 하소서.
가장 맑은 눈동자로
당신 가슴에서 물을 긷게 하소서.
기도하는 나무가 되어
새로운 몸짓의 새가 되어
높이 비상하며
영원을 노래하는 악기가 되게 하소서.
새해엔, 아아
가장 고독한 길을 가게 하소서.
당신이 별 사이를 흐르는
혜성으로 찬란히 뜨는 시간
나는 그 하늘 아래
아름다운 글을 쓰며
당신에게 바치는 시집을 준비하는
나날이게 하소서.

****

새날, 새 아침에 맑은 시 한 편과 마주한다. 읽고 나니 마음이 한결 가뿐하다. 시가 찌든 영혼을 씻어 낸 느낌이 든다. 잔잔한 가운데 강한 끌림이 있어서 시를 곁에 두고 싶은 마음이 샘솟는다. 시의 제목이 「새해의 기도」이니 독자는 읽으면서 시적 화자와 함께 기도를 드리는 셈이다.

새해가 되면 종교가 있든 없든 기도하는 마음을 갖는다. 이 시는 새해 벽두를 앞둔 시인이 한해를 어떻게 살아가야 할 것인지 진지하게 고민하면서 쓴 시이다. 기도문 형식의 시 속에 삶의 자세에 대한 시적 화자의 간절함이 녹아 있다.

현대인들은 대부분 질주하는 속도의 도상에 있다. 성과 위주의 사회이기 때문에 뭐든지 신속하게 처리하는 것이 다반사이다. 그러기에 '진정한 나'를 잃어버리고 타인의 눈에 비친 나의 삶을 살아간다. 그 결과 시간이 갈수록 내면은 텅 비어 버리고 어둠의 터널에 갇혀 허우적거리곤 한다. 이런 사회적 분위기와는 달리 시인이 택한 삶은 느리게 사는 것이다. 느림의 삶은 천천히 주위를 돌아보며 나를 찾아가는 여정이다. 느리게 살다 보면 "가장 맑은 눈동자"로 "기도하는 나무"가 되고 "새로운 몸짓의 새"가 되어 높이 날 수가 있다. 시인의 상상력이 지상에서 천상으로 옮아가며 확장되어 간다. 우주적 상상력을 바탕으로 "영원을 노래하는 악기"가 되고자 하는 간절한 표현이다.

이 시는 크게 두 단계로 구분된다. 느림의 관점에서 천상의 질서계로 나아가고자 하는 간구와 고독의 관점에서 지상의 질서계로 돌아와 "당신에게 바치는 시집"을 준비하고자 하는 간구로 대별된다. 고독하다는 것은 느리게 살면서 내면의 나를 발견하는 과정이기도 하다. 속도의 소용돌이 속에서는 느낄 수 없는 감정이기 때문이다. 한 편의 시에서 시적 상상력의 폭이 지상과 천상을 오갈 만큼 넓고 자유롭다. 이런 자유자재는 시인의 투명한 시선이 있기에 가능하다.

새해에는 시에서 표현된 기도처럼 은밀한 가운데 기도하는 마음으로 나아가고 싶다. 기도는 무릎을 꿇고 가슴으로 하는 것이기에 진정성에 닿아 있다. 맑은 시가 잠자는 영혼을 흔들어 깨우고 내면에 아름다운 자양분을 깃들게 한다.

해, 저 붉은 얼굴

이영춘(1941~)

아이 하나 낳고 셋방을 살던 그 때
아침 해는 둥그렇게 떠오르는데
출근하려고 막 골목길을 돌아 나오는데
뒤에서 야야! 야야!
아버지 목소리 들린다

"저어……너……, 한 삼십 만 원 없겠니?"

그 말 하려고 엊저녁에 딸네 집에 오신 아버지
밤새 만석 같은 이 말, 그 한마디 뱉지 못해
하얗게 몸을 뒤척이시다가
해 뜨는 골목길에서 붉은 얼굴 감추시고
천형처럼 무거운 그 말 뱉으셨을 텐데

철부지 초년생, 그 딸
"아부지, 내가 뭔 돈이 있어요?!"
싹뚝 무 토막 자르듯 그 한 마디 뱉고 돌아섰던
녹슨 철대문 앞 골목길,

가난한 골목길의 그 길이 만큼 내가 뱉은 그 말
아버지 심장에 천 근 쇠못이 되었을 그 말
오래오래 가슴 속 붉은 강물로 살아
아버지 무덤 봉분까지 치닿고 있다

****

시의 힘은 무엇일까? 이 시를 읽으며 던진 질문이다. 읽고 난 후 오랜 감동이 일었다. 내면에 깊은 정서적 파문이 생긴 것이다. 마음의 강물이 출렁거리기는 쉽지 않다. 그런데 어찌 보면 아무것도 아닌 듯한 시가 그런 힘을 지니고 있다. 사람의 마음을 움직이는 것이 결코 돈, 권력, 명예가 아니라 한 편의 시이기 때문에 더욱 그렇다.

시인은 개인적인 체험 즉 가족사를 바탕으로 이 시를 창작한 것으로 보인다. 특별한 상상력의 발휘로 촉발된 게 아니라 자신의 절실한 경험을 재구성하여 고백의 형식으로 표현한 시이다. 시적 전개가 딸인 시적 화자가 오래 전 결혼해서 어려운 신접살이를 하고 있었던 시기에서 시작된다. '아침 해'가 떠 오르는 즈음 출근하려고 나가는 골목길에서 아버지의 목소리가 들려온다. 돈이 필요하다는 아버지의 어렵사리 뱉어낸 목소리였다. 그런데 "철부지 초년생"인 딸은 "싹뚝 무 토막 자르듯" 단호하게 아버지의 뜻을 거절했다. 그리고는 세월의 수레바퀴가 한없이 돌아갔다.

이제 나이가 들어 아버지의 당시 심경을 헤아릴 수 있는 때가 온 것이다. 그때는 도무지 미루어 짐작하거나 이해할 수 없었던 상황이었다. 하지만 역지사지의 처지가 되어 돌이켜 보니 후회가 너무 깊다. 그 상처가 오래도록 "가슴 속

붉은 강물"이 되어 흐르고 있어 "아버지의 무덤, 봉분까지 치닿고" 있는 것이다.

영화 〈일 포스티노〉에서 우체부가 시인 네루다에게 시가 무엇인지 묻는 장면이 있다. 그때 노시인 네루다는 한 마디로 시는 은유라고 했다. 그만큼 시에서 은유는 중요한 미학적 장치이다. 이 시는 "해, 저 붉은 얼굴"이라는 제목의 탁월한 은유가, 자칫 긴장미를 잃을 수 있는 체험시의 품과 격을 높이는 견인차 역할을 하고 있다. 해는 시간 질서의 중심축이기도 하지만 대개 아버지를 상징한다. 이 시에서 '해'는 시인이 그 심장에 "천 근 쇠못"을 박은 아버지를 가리킨다.

꾸밈이 없는 경험에서 빚어낸 시어의 무늬결, 소박하고 솔직한 시어의 신중한 배치, 진정성 있는 체험의 현재화로 마음의 빗장을 연다. 시어의 온도가 참 따뜻하다. 그래서 상처에 공감하게 하고 영혼을 위무해 준다. 시로 인해 가슴에 아름다운 물결이 인다. 시간을 내어 아버지 산소에 꽃 한 송이 올려야겠다.

봄은 고양이로다

이장희(1900~1929)

꽃가루와 같이 부드러운 고양이의 털에
고운 봄의 향기가 어리우도다.

금방울과 같이 호동그란 고양이의 눈에
미친 봄의 불길이 흐르도다.

고요히 다물은 고양이의 입술에
포근한 봄졸음이 떠돌아라.

날카롭게 쭉 뻗은 고양이의 수염에
푸른 봄의 생기가 뛰놀아라.

산수유가 꽃망울 터뜨리는 봄인가 싶더니 꽃샘추위가 몰아쳐 어린 꽃잎들이 꽃길을 연다. 하르르 흩날리는 꽃의 선율을 따라가다 보면, 나도 없고 너도 없어 봄사람이 된다. 꽃비 내리는 나무 아래 동심원을 그리며 흥얼거리기도 하고, 삼삼오오 스마트폰을 들고 서로 풍경이 되어 주기도 한다. 봄의 생명력으로 산천에 온통 연초록, 진초록 물결이 일렁인다.

시인의 마음도 생동하는 봄의 한가운데 머무른다. 특이하게도 시인은 고양이의 모습에서 봄을 읽는다. 고양이의 털과 눈, 입술과 수염에서 예리한 통찰력으로 봄의 맛과 멋을 찾아낸다. 이장희는 29세에 요절한 시인이다. 어머니가 일찍 돌아가시고 난 뒤 두 명의 계모 밑에서 성장하였다. 불우한 환경 속에서 슬픔과 아픔을 안으로 삭이면서 지냈다. 고독을 친구처럼 함께한 시인이었다.

시인은 내면의 세계에 투영된 대상을 그만의 독특한 감각으로 포착해서 형상화하는 탁월한 능력을 지니고 있다. 시 전반에 걸쳐 다양한 봄의 느낌이 묘사되어 있다. "고운 봄, 미친 봄, 포근한 봄, 푸른 봄"으로 독자는 멋진 봄의 향연에 참여하는 기쁨을 누린다. 동시에 "부드러운, 호동그란, 다물은, 쭉 뻗은"과 같은 수식어의 다채로운 변주로 생동하는 봄의 기운이 충만하다. 1연과 2연 그리고 3연과 4연의 이미지가 서로 대조를 이루며 봄과 고양이 이미지 사이에 자연스런 조응이 되어 있다. 더욱이 각 연의 첫 행 끝인 "털에, 눈에, 입술에, 수염에"에서 "에"와 "어리우도다, 흐르도다"에서 "도다" "떠돌아라, 뛰놀아라"에서 "아라"의 반복으로 재미있는 리듬이 발생하는 것도 이 시의 묘미이다. 봄의 특징을 젊은 감각으로 날카롭게 천착한 시로, 봄의 황홀 속으로 빠져든다. 봄이 오는 소리가 한창이다.

고요는 힘이 세다

이재무(1958~)

고요는 힘이 세다 고요를 당해낼 자는 아무도 없다 제 주장을 하지 않아 늘 소음에 시달리고 주눅 들고 내몰리는 것 같지만 고요가 패배한 적은 없다. 제풀에 지쳐 소음이 나뒹굴 때 공간을 차지하는 것은 고요다. 고요는 사라지지 않는다. 언제든 최종적 승리자는 고요인 것이다. 보아라, 고요가 울울창창 우거진 세계를!

****

하루가 다르게 변하는 스피드한 세상에 살고 있다. 속도의 시대에 내몰리고 있는 듯하다. 아날로그라는 말이 그저 옛날이야기처럼 들린다. 20세기는 음속의 시대였지만 오늘날 우리는 광속의 시대에 살고 있다. 지금 승승장구하는 기업이 몇 년 후면 사양길로 접어들고, 한 가지 직업으로 평생 살아가기가 점점 힘들어진다. 속도에 올무 잡히기도 하지만 소리에는 더 예민하게 올무 잡히기도 한다. 층간 소음 문제로 이웃 간 여러 가지 불미스런 사건들이 일어나는 걸 종종 듣고 본다. 어쩌면 우리는 속도를 따라잡다가 내면의 고요를 잃어버린 건 아닐까. 잠잠히 가슴 저 밑바닥에서 들리는 영혼의 소리에 귀를 기울이는 삶을 잊고 사는 것 같다.

"고요가 울울창창 우거진 세계"에 들어가면 보이지 않던 것을 볼 수 있고, 들리지 않던 것을 들을 수 있는 비밀의 문이 열린다. 얼마나 힘이 센 고요인가. 시인의 표현에 따르면 아무런 주장도 하지 않는 고요이지만, 결코 패배하지 않고 마침내 '최종적 승리자'가 된다는 거다. 끊임없이 소음에 시달리고 있는 현대인들은 내면이 고요하지 않다. 늘 불안하고 초조하다. 그러다 보니 서로 소통하기가 쉽지 않다. 이런 때에 가슴을 울리는 시 한 편이, 섬광처럼 스치는 촌철살인의 시구가 필요하다.

시는 걸음이 **빠른** 듯하면서도 느리고, 느린 듯하면서도 **빠르다**. 시는 은하와 은하를 건너온 별이야기를 담고 있는가 하면 가을 들녘 구절초 꽃무리에도 들어 있다. 고요의 다른 얼굴을 찾아낸 시인의 눈길에 붙들리고 싶다. 역발상의 관점에서 새로운 것을 발견하는 눈! 그런 시인의 눈은 대상 너머의 비의의 세계를 캐낸다. 그것은 속도와 소음에서 벗어나 묵상하고 기도하는 마음에 그 열쇠가 있다. 하지만 시인만이 그와 같은 눈을 지닌 것은 결코 아니다.

낯설게 다가온 시를 한 번 읽어 보시라. 그러면 일상에 갇혀서 무뎌진 감성의 문이 활짝 열릴 것이다. 낭만파 시인 윌리엄 워즈워드가 "아이는 어른의 아버지"라고 표현한 그 함의가 다가오는 걸 경험하리라. 오늘 내가 바라본 하늘이 내일은 또 다른 하늘이 되어 가슴을 두드릴 테니….

저녁별

이준관(1949~)

강가에서 물수제비를 뜨다 오는 소년이
저녁별을 보며 갑니다.

빈 배 딸그락거리며 돌아오는 새가 쪼아먹을
들녘에 떨어진 한 알 낟알 같은
저녁별.

저녁별을 바라보며
가축의 순한 눈에도 불이 켜집니다.

가랑잎처럼 부스럭거리며 눈을 뜨는
풀벌레들을 위해
지상으로 한없이 허리를 구부리는 나무들.

들판엔 어둠이
어머니의 밥상보처럼 덮이고
내 손가락의 거친 핏줄도
불빛처럼 따스해 옵니다.

저녁별 돋을 때까지
발에 묻히고 온 흙
이 흙들이
오늘 내 저녁 식량입니다.

****

　현대인들은 속도에 밀려서 하늘을 쳐다보는 걸 잊고 사는 것 같다. 빌딩의 숲에서 잠깐 식사라도 하러 나올 때가 있곤 했는데 지금은 그럴 수조차 없다. 참 팍팍한 생활의 굴레에 붙들린 나날이다. 더욱이 코로나 펜데믹으로 원하든 원치 않든 각자 집에서 지내야 하는 거리 두기의 삶이다.

　시에서 노래하는 삶이 얼마나 일상과 동떨어져 있는가. 하늘을 쳐다보는 일이 거의 없으니 이런 별처럼 아름답게 반짝이는 시간을 느낄 수 없으리라. "저녁별" 시를 읽다 보면 잃어버린 먼 옛날의 나를 만나게 된다. 그래서 시를 지은 시인의 마음이 몹시 궁금해진다. 이토록 순수하게 빛나는 시를 지을 수 있는 시인의 마음은 어떤 것일까. 아마도 어린아이의 마음과 생각으로 시를 지었으리라.

　시의 첫 연에 "강가에서 물수제비를 뜨다 오는 소년"이 나타난다. 어쩌면 물수제비라는 단어가 삶에서 이미 오래전 유물이 되어 버린 건 아닌지… 계속 이어지는 "빈 배 딸그락거리며 돌아오는 새" "들녘에 떨어진 한 알 낟알 같은/ 저녁별" "가랑잎처럼 부스럭거리며 눈을 뜨는/ 풀벌레" 등과 같은 표현을 읽다가 보면 자연스레 "가축의 순한 눈"으로 돌아가고 "지상으로 한없이 허리를 구부리는 나무들"의 자세로 돌아가게 된다.

참 순수하고 맑은 마음으로 지은 시이다. 그러므로 자연스레 그 시의 선한 영향력에 **빠져들게** 된다. 들판에 내리는 어둠조차 불안이나 공포 대신 "어머니의 밥상보처럼" 다가오는 것이다. 그래서 독자의 마음도 "불빛처럼 따스"한 온기로 훈훈해진다. 이쯤 되면 하루의 노동에서 "발에 묻히고 흙"이 그날의 "저녁 식량"이라고 고백하게 된다. 성경에 "어린아이들과 같지 되지 아니하면 결단코 천국에 들어가지 못하리라"(마태복음 18장 3절)는 말씀처럼 동심으로 쓴 시가 마음밭에 뿌려지면 선한 열매를 거둘 것이다. 사람을 움직이는 건 그럴싸한 구호나 금력, 권력이 아님을 묵상해 본다.

마음을 위한 기도

이해인(1945~)

늘 푸른 소나무처럼 한결같은 마음을
지니게 해 주십사고 기도합니다

숲속의 호수처럼 고요한 마음을
지니게 해 주십사고 기도합니다

하늘을 담은 바다처럼 넓은 마음을
지니게 해 주십사고 기도합니다

밤새 내린 첫눈처럼 순결한 마음을
지니게 해 주십사고 기도합니다

사랑의 심지를 깊이 묻어둔 등불처럼
따뜻한 마음을 지니게 해 주십사고 기도합니다

가을 들녘의 볏단처럼 익을수록 고개 숙이는
겸손한 마음을 주십사고 기도합니다

살아있는 동안은 나이에 상관없이 능금처럼
풋풋하고 설레는 마음을 주십사고 기도합니다

****

누구나 세상을 창조하신 분으로부터 달란트를 받고 살아간다. 어떤 사람은 그 달란트가 무엇인지 모른 채 살기도 하고, 어떤 사람은 일부분만 사용하기도 하고 혹은 온전히 발휘하기도 한다. 이해인 시인은 후자에 해당하는 대표적 사례이다. 이 시인 스스로 "시는 하나님께 드릴 수 있는 가장 정직한 소망의 언어"라고 고백한다. 그런 세계관으로 시를 쓰기 때문에 그의 시는 그분께 바치는 선물이라고 할 수 있다. 시인의 삶이 항상 기도하고 찬양하며 섬기는 생활이다. 그래서 이런 삶의 모습이 시 속에 고스란히 배어난다. 삶이 시이고 시가 삶이기에 시와 삶이 불가분의 관계에 놓인다.

시의 제목이 「마음을 위한 기도」이다. 그 마음이란 무엇인가. 바로 기도하는 마음이고 진실한 마음이다. 그런 간절한 마음에서 샘 솟듯이 시가 흘러나온다. 이 시는 비유법 중 하나인 직유를 미학적 장치로 사용하고 있다. '~처럼'이 각 연마다 계속 나타나고 연의 말미에 '~주십사고 기도합니다'도 반복되고 있다. 무척 단순한 구조를 지닌 기도시이다. 그런데도 시를 읽어 내려가면 잔잔한 울림이 심연에 남게 된다.

무엇이 그토록 마음의 거문고를 울리게 하는 걸까. 시인이 맑고 깨끗한 영혼의 소유자이기 때문에 그렇다. 어떻게 하면 그런 영혼을 지닐 수 있을까. 그것은 기도 생활을 통하여 가능하다. 기도를 하면 할수록 욕망에 사로잡힌 수많은 '나'가 사라지고 생명의 빛이신 그분께 가까이 다가가게 된다. 세상 바다에서 허우적거리는 우리는 육의 존재로서 늘 결핍을 느끼고 산다. 결핍에서 벗어나고 싶어서 기도 생활을 하고 그로 인해 영원하신 그분께로 회귀하게 된다.

진정성에서 비롯된 글이나 말은 다소 어눌하거나 미흡하더라도 그 솔직함과 투명함이 마음을 움직이게 한다. 시인은 시에서 '한결같은 마음' '고요한 마음' '넓은 마음' '순결한 마음' '따뜻한 마음' '겸손한 마음' '설레는 마음'을 간구하고 있다. 그런 마음을 지니기 쉽지 않기 때문에 기도를 하게 되고, 기도를 통하여 충만한 존재로 나아간다. 시인이 간구하는 마음에 대한 여러 직유가 매우 적절하다. 독자들의 마음밭에 '푸른 소나무'나 '숲속 호수'나 '가을 들녘의 볏단' 이미지가 바로 심어진다. 시가 참 편안하고 따뜻하기에 많은 독자들의 사랑을 받는다. 어떤 수식도 섞이지 않은 순수성과 단순성의 미학으로 대중성을 획득하는 것을 목도하게 된다. '하늘을 우러러 한 점 부끄럼 없기를' 기도하는 시인을 이 가을에 만나는 축복에 감사한다. 시에서처럼 그렇게 살기를 간구하며….

곰소항

임채성(1967~)

밖으로 벗기보다
속을 내준 작은 포구
해감내와 비린내가 꿰미에 걸릴 동안
느릿한 구름 배 한 척
무자위에 걸려 있다
한때는 누구든지 가슴 푸른 바다였다
갈마드는 밀물썰물 삼각파도 잠재우는
소금밭 퇴적층 위로 젓갈빛 놀이 진다
제 몸의 가시 뼈도
펄펄 뛰는 사투리도
함지에 절여놓은 천일염 같은 사람들
골 패인 시간을 따라
뭇별이 걸어온다

****

시는 언어로 그린 그림이다는 말이 이 시에 잘 어울린다. 곰소항이라는 시 제목을 보면 독자는 이미 지명이라는 것을 느끼고 그곳에 대한 호기심이 생긴다. 곰소항은 전라북도 부안에 있는 항구이다. 곰소라는 명칭은 곰처럼 생긴 두 개의 섬이 있어서 붙여진 것이라고 한다. 시를 한 번 주욱 읽어 내려가면 마치 곰소항에 있다는 착각이 들만큼 풍경의 묘사가 돋보인다. 자연에 대한 시인의 관찰력으로 한 점 아름다운 수채화 같은 작품이 탄생한 것이다.

"밖으로 벌기보다 속을 내준 작은 포구"이기 때문에 무척 아늑한 느낌이 든다. 게다가 "구름 배 한 척 무자위에" 걸린 탁월한 묘사를 통하여 염전이 있는 곳이라는 짐작을 하게 한다. 이어서 "소금밭 퇴적층 위로 젓갈빛 놀"이 지니 더 확실해진다. 시인은 바닷가에서만 느낄 수 있는 "해 감내와 비린내"가 꿰미에 걸리는 시간을 헤아리고 있다. 바쁜 스케줄에 매달려 시간이 어찌 지나가는지 느끼지 못하는 도시인들과는 달리 느림의 시간을 보내고 있다. 느림의 시간 속에서라야 대상에 대한 관찰을 오래 할 수 있고 깊이 꿰뚫어 볼 수가 있다.

미네랄이 풍부한 소금꽃이 피는 곰소항에는 뜨거운 햇살 아래 시간 가는 줄도 잊은 채 고무래질을 하는 염부들이 있다. 그들은 비록 힘든 노동의 나날을 보내고 있지만 마음속에는 "가슴 푸른 바다"가 있었다. 그래서 그들은 "제 몸의 가시 뼈도 펄펄 뛰는 사투리도" 소금밭에 절여놓고 견딜 수 있었던 것이다. 이들을 일컬어 시인은 "천일염 같은 사람들"이라고 명명한다. 그들이 "골 패인 시간"을 보내고 돌아오는 저녁답에는 어느새 떠오른 "뭇별"들이 소금기 묻은 하루를 위로해 준다.

곰소항에서 만든 천일염으로 담근 젓갈은 맛이 좋기로 명성이 자자하다. 이 시를 읽는 독자는 서서히 시의 풍경 속으로 빠져들어 마치 거기에 있는 듯하다가, 조금 지나면 그곳에 가고 싶다는 마음이 일어날 것이다. 그만큼 대상에 대한 시적 묘사가 선명하고 완성도가 있다는 뜻이다. 하늘을 등에 지고 해풍을 맞으며 억척같이 견뎌낸 포구 사람들이 한없이 가깝게 느껴진다. 이 또한 곰삭은 서정적 전개가 일구어낸 열매일 것이다. 이번 여름에는 곰소항에 가 보아야겠다.

밥

장석주(1955~)

귀 떨어진 개다리 소반 위에
밥 한 그릇 받아 놓고 생각한다.
사람은 왜 밥을 먹는가.
살려고 먹는다면 왜 사는가.
한 그릇의 더운 밥을 먹기 위하여
나는 몇 번이나 죄를 짓고
몇 번이나 자신을 속였는가.
밥 한 그릇의 사슬에 매달려 있는 목숨.
나는 굽히고 싶지 않은 머리를 조아리고
마음에 없는 말을 지껄이고
가고 싶지 않은 곳에 발을 들여 놓고
잡고 싶지 않은 손을 잡고
정작 해야 할 말을 숨겼으며
가고 싶은 곳을 가지 못했으며
잡고 싶은 손을 잡지 못했다.
나는 왜 밥을 먹는가. 오늘
다시 생각하며 내가 마땅히
지켰어야 할 양심의 말들을
파가하고 또는 목구멍 속에 가두고

그 대가로 받았던 몇 번의 끼니에 대하여
부끄러워 한다. 밥 한 그릇 앞에 놓고, 아아
나는 가룟 유다가 되지 않기 위하여
기도한다. 밥 한 그릇에
나를 팔지 않기 위하여.

****

우리는 지금까지 얼마나 많은 밥을 먹고 살고 있는가. 그러고 보니 한 번도 밥에 대하여 진지하게 생각해 본 적이 없다. 시간이 되면 밥을 먹었고, 배가 고프면 밥을 먹었던 기억뿐이다. 그저 본능에 충실하게 살았다고나 할까. 그런데 허기 지지 않을 때 먹는 건 언제든 과식이다는 누군가의 말이 떠오른다. 젊었을 때는 배가 고프지 않아도 자주 무언가를 먹고 있었던 것 같다. 주전부리하는 습관에 붙들린 삶이었고 밥의 가치에 대하여 아무런 생각 없이 익숙한 습관에 붙들려 살아왔다. 습관을 바꾸면 인생이 달라진다는데 장석주 시인의 시가 그런 습관을 바꾸게 한다.

이 시는 귀 떨어진 개다리소반 위에 놓인 밥 한 그릇이 시를 쓰게 된 동기이다. 밥상 앞에서 시인은 경건한 자세로 인간 본연의 모습에 대한 질문을 던진다. 사람은 왜 밥을 먹는가. 이 질문에 바로 답을 하기란 참 쉽지 않다. 더욱이 시인은 한 그릇의 더운밥을 먹기 위해 지은 죄와 자기기만을 돌아보게 한다. 시인의 고백이 나의 고백이고 너의 고백이며 우리 모두의 민낯임을 일깨운다. 이어지는 다음 연에서도 계속 과거의 부끄러운 자신의 언행을 낱낱이 드러내고 있다. 감추고 싶었던 날들에 대해 반추하면서 독자로 하여금 자연스럽게 동참하게 한다. 여기서 시의 놀라운 힘이 작용한다. 살면서 누군가에게 나의 잘못과 죄악과 허물을 토로하기는 무척 어려운 일이다. 자신의 흑역사를 어떻게 쏟아낼 수 있겠는가. 하지만 백지 위에 쓴 몇 줄의 언어, 즉 한 편의 시가 그런 행동을 하게 한다.

시인의 밥에 관한 시는 내용의 진정성으로 마음의 빗장을 열게 한다. 시인의 순수한 고백이 양심의 북을 두드리는 것이다. 시의 후반부 마지막 두 연에서 온전히 무릎 꿇고 기도하는 시적 화자를 떠올리면, 독자들은 밥 한 그릇에 나를 팔지 않겠다는 다짐을 하게 된다. 무엇이 사람을 움직이게 하는가. 명예나 권력이나 부가 아니라 시가 무현금을 켜는 것이다.

걸레를 위하여

걸레와 함께 구석구석 먼지를 닦아내다 보면
서서히 땀이 나며
무릎을 꿇은 겸허가 만족스러워집니다.
어느 누구와도 함께 하지 못했던 평화를
누립니다.

그런 친구와 잠시 헤어질 때의 예의는
깨끗이 빨아놓는 것입니다.
걸레가 바닥에 놓여 있을 때
다른 식구가
손이 아닌 발로 잡는 것을 막기 위해서죠.

그러니 전능하신 당신께서는
저를 부디 걸레로 써주시되
더러운 곳을 닦는 걸레로 써주시되
하루 일과가 끝나면
깨끗이 빨아주기는 하소서.

****

홀로 높으신 한 분께서 가장 낮은 곳으로 임하심에 감사하는 시간이다. 죄로 얼룩진 인간을 살리시기 위하여 십자가에 매달리신 그분의 은혜에 깊이 감사하는 시간이다. 이런 감사가 밀려오는 때에 은은한 울림이 있는 시를 마주하니 기쁨이 차오른다. 시의 제목이 "걸레를 위하여"라니 저절로 관심이 집중된다. 지금까지 어느 시인도 걸레를 대상으로 이렇게 예의를 갖춘 적이 없다. 살면서 걸레를 손에 안 잡아본 사람은 거의 없으리라. 시인은 일상에서 흔히 보는 걸레를 새로운 눈으로 바라보았다. 걸레로 구석의 먼지를 닦다가 "무릎을 꿇은 겸허"에 만족하고 "어느 누구와도 함께 하지 못했던 평화"를 누리다니 성찰의 깊이가 느껴진다.

걸레를 시적 대상으로 했다는 것 자체가 특이하지만, 걸레를 친구에 비유할 만큼 낮고 천한 것에 대한 시선이 경이롭기까지 하다. 자신의 삶을 얼마나 돌아보아야 이런 반성의 시간을 가질 수 있을까. 시적 화자는 "친구와 헤어질 때의 예의는" 깨끗하게 빨아놓는 것이고 그 이유는 걸레를 "발로 잡는 것을 막기 위해서"라고 한다. 대상에 대한 깊고도 섬세한 마음에 무현금이 켜진다. 신실한 믿음에서 비롯된 깊이 있는 사유와 예리한 감각이 돌올하다.

마지막 연에 이르면 "전능하신 당신"께 간구하는 화자가 나타난다. 자신을 "더러운 곳을 닦는" 걸레로 써 달라는 기도와 함께 영혼을 정화해 달라는 "깨끗이 빨아주기는 하소서"의 시행으로 끝맺는다. 이 시를 "무수한 타자들과의 수평적 공존을 꿈꾸는 존재"라고 한 비평가의 명명은 조금도 빗나감이 없다. 타자인 걸레와의 공존, 더 나아가 걸레에 대한 예의와 배려를 통해 낮은 곳으로 임하는 삶의 진경을 체감한다.

개미들의 행진

장택현(1947~)

개미들이 줄을 지어 바삐 움직인다
몇 백 마리 혹은 몇 천 마리는 되는 것 같다

비가 오려나, 이사를 하는가
아니면 전쟁이 터졌나

모두 무사했으면 좋겠다

****

누군가 지금 세상은 코로나19를 기점으로 나누어진다고 한다. 이런 인류의 대재앙 앞에서 사람이 할 수 있는 일이 무엇일까. 그렇다고 속수무책으로 가만히 있을 수 없는 일이다. 마스크를 착용하고 사회적 거리두기를 하는 등 할 수 있는 모든 것을 동원하며 안간힘을 쓴다. 하지만 그 모든 노력에도 불구하고 지구촌 곳곳에서 많은 사람들이 돌아올 수 없는 먼 여행을 떠났다. 이런 안타까운 상황을 마주하면서 오히려 세상을 창조하신 분의 섭리를 더 묵상하게 된다. 그분께서 주신 지구별을 더 아름답게 가꾸었어야 했는데….

오늘 우리는「개미들의 행진」을 읽으며 어떤 마음으로 살아가야 하는지 살펴보게 된다. 시인은 인생의 7부 능선에서 첫 시집『모두 무사했으면 좋겠다』를 상재하였다. 그는 시계간지『시를 사랑하는 사람들』로 등단했는데 시단에서는 생소한 늦깎이 시인이다. 그럼에도 부지런히 창작에 몰두하면서 시의 꽃을 피우고 있다.

이 시는 개미들이라는 상징을 통하여 인간 삶의 모습을 형상화하고 있다. 언뜻 보면 참 쉽게 읽히는 시이다. 3연 5행의 짧은 시를 통해 장시인은 무엇을 나타내고자 했을까. 떼를 지어 움직이는 개미들의 모습에서 무리지어 바쁘게 살아가는 인간들의 모습을 떠올린다. 개미들이 행진하는 이유로 "비"와 "이사"와 "전쟁"이라는 시어를 선택하고 있다. 오늘날 코로나19 때문에 지구촌 사람들이 겪고 있는 상황이 바로 전쟁과 흡사하다.

시는 첨예한 시어의 선택과 행과 연의 신중한 배열로 탄생하는 예술 작품이다. 시인의 시가 바로 그런 시의 특장을 뚜렷이 표출하고 있다. 한 행으로 이루어진 마지막 연 "모두 무사했으면 좋겠다"가 바로 시의 핵심축이다. 시인은 군더더기 시어들을 배제하고 쉽고 단순하지만, 정제된 시어들을 선택하여 미학적 구도를 만들고 있다. 모두가 우울한 이때, 절망에 희망의 날개를 달아주는 시가 잔잔한 감동을 준다. 모두의 마음밭에 녹음이 한껏 푸르르기를….

어머니의 그륵

정일근(1958~)

어머니는 그륵이라 쓰고 읽으신다
그륵이 아니라 그릇이 바른 말이지만
어머니에게 그릇은 그륵이다
물을 담아 오신 어머니의 그륵을 앞에 두고
그륵, 그륵 중얼거려 보면
그륵에 담긴 물이 편안한 수평을 찾고
어머니의 그륵에 담겨졌던 모든 것들이
사람의 체온처럼 따뜻했다는 것을 깨닫는다
나는 학교에서 그릇이라 배웠지만,
어머니는 인생을 통해 그륵이라 배웠다
그래서 내가 담는 한 그릇의 물과
어머니가 담는 한 그륵의 물은 다르다
말 하나가 살아남아 빛나기 위해서는
말과 하나가 되는 사랑이 있어야 하는데
어머니는 어머니의 삶을 통해 말을 만드셨고
나는 사전을 통해 쉽게 말을 찾았다
무릇 시인이라면 하찮은 것들의 이름이라도
뜨겁게 살아 있도록 불러 주어야 하는데
두툼한 개정판 국어사전을 자랑처럼 옆에 두고
서정시를 쓰는 내가 부끄러워진다

****

부르면 부를수록 아늑하고 편안해지는 말이 있다. 바로 엄마, 어머니이다. 특히 아플 때나 힘든 일이 있을 때 그냥 툭— 튀어나오는 말이 어머니라는 단어이다. 2004년 영국 문화원에서 영어를 쓰지 않는 102개국 남녀 4만 명을 대상으로 가장 아름답다고 생각하는 영어 단어가 무엇인지에 대해 설문 조사를 했다. 1위가 어머니mother였다고 한다. 모국어가 아니더라도 외국인이 느끼기에 어머니라는 영어 단어가 가슴에 와닿은 것이다.

시인은 시의 제목을 독특하게 "어머니의 그륵"이라고 했다. '그륵'은 표준어가 아니다. 경상도에서 쓰는 사투리인데 그것을 시의 제목으로 선택함으로써 관심을 환기한다. 시를 모르는 독자가 제목만 보면 자칫 문법적으로 틀린 것이라고 할 수도 있다. 하지만 시를 계속 읽다 보면 시인의 의도를 짐작하게 된다. 원래 그릇이 표준어이지만 "어머니에게 그릇은 그륵이다"라고 시인은 표현한다. 시를 빚어내는 솜씨가 예사롭지가 않다. 어머니께서 인생을 통해 배운 그륵이라는 낱말! 그 속에는 지식이나 이론으로 터득할 수 없는 힘이 들어 있다는 것을 시인은 알고 있다. 즉 '그륵'이라는 말에는 편안함과 따뜻함이 녹아들어 있다는 것이다. 서정시는 대상에 대한 시인의 주관적인 감정을 표현하는 문학이다. 성밀근 시인의 이 시를 읽으면 시인의 감정이 고스란히 독자에게 전해지고 있음을 느낀다. 자기 고백의 특징을 지닌 서정시가 자기만의 고백에 머무르지 않고, 보편성을 획득할 때 큰 공감을 불러일으킨다.

시인은 자신의 삶에서 체득한 경험을 진솔하게 표현하고 있다. 시에서 다양한 수사적 장치를 선택하는 것도 중요하지만, 이 시처럼 '그륵'과 '그릇'의 시어 비교를 통하여 시를 읽는 재미와 감동을 주기도 한다. 특히 시인은 시적 화자인 '나'를 통하여 학교나 사전을 통해서 습득한 지식보다 삶을 통해서 얻는 지식이 훨씬 깊이가 있다는 것을 강조한다. 어머니께서 자신의 삶을 통해 만드신 말, 거기에는 사랑이 녹아들어 있어서 더욱 빛이 난다. 오랜 시간 온몸으로 살아오신 어머니의 인내와 섬김과 배려가 '그륵'이라는 시어에 응축되어 있다. 여기서 우리는 시인이 얼마나 예리한 통찰력을 지녔는지 알 수 있다. 그저 스쳐 지나기 쉬운 일상이지만, 시인의 눈길이 닿으면 예술 작품이 되는 좋은 예가 "어머니의 그륵"이다.

생활 속에서 편하게 사용하는 말 중에는 사투리가 많이 섞여 있다. 사투리는 들을수록 구수하고 친근하게 느껴진다. 결코 촌스럽거나 격이 떨어지는 말이 아니다. 간혹 그 지방 사투리를 몰라서 소통이 안 되는 경우도 있지만 나중에 알고 나면 재미가 있다. "무릇 시인이라면 하찮은 것들의 이름이라도/ 뜨겁게 살아 있도록 불러주어야 하는데"

라는 시행처럼 시인은 어머니께서 쓰시는 사투리를 살아 숨쉬는 언어로 만든 진정한 예술가이다. 민족정신의 뿌리인 모국어는 흔히 사용하는 사투리로 한층 풍성해진다는 것을 깨닫는다.

방문객

정현종(1935~)

사람이 온다는 건
실은 어마어마한 일이다.
그는
그의 과거와
현재와
그리고
그의 미래와 함께 오기 때문이다.
한 사람의 일생이 오기 때문이다.
부서지기 쉬운
그래서 부서지기도 했을
마음이 오는 것이다 ─ 그 갈피를
아마 바람은 더듬어볼 수 있을
마음,
내 마음이 그런 바람을 흉내낸다면
필경 환대가 될 것이다.

****

만남의 가치는 아무리 강조해도 지나치지 않다. 좋은 만남은 한 사람의 인생을 바꾸게 만들고 나쁜 만남은 지울 수 없는 상처를 남기게 한다. 삶에는 여러 만남이 있다. 부모와 자식의 만남, 스승과 제자의 만남, 남과 여의 만남, 직장 동료 간의 만남 등. 이런 만남에 대하여 시인은 시의 서두에서 "사람이 온다는 건/ 실은 어마어마한 일이다"라고 강한 어조로 표현한다. 이어서 그 이유에 대하여 구체적으로 밝힌다. 즉 방문하는 사람의 과거와 현재와 미래—일생이 함께 오기 때문이라고 한다. 사실 수사학적 관점에서 보면 아무런 미학적 장치가 없는 듯한 시적 전개라고 볼 수 있다. 하지만 여기에 시의 묘미가 깃들어 있다.

시는 시인이 자연이나 인생 또는 어떤 대상에 대하여 느낀 감정을 짧은 형식 속에 함축적이고 운율적인 언어로 표현한 문학이다. 표현 매체가 언어이기 때문에 다른 예술과 달리 오직 언어를 통해서만 표현의 기능을 한다. 따라서 시인은 언어를 잘 다루어야 하고, 그 언어를 다루는 기술이 뛰어날 때 좋은 표현과 감동적인 표현을 하게 된다. 그만큼 언어가 소중한 역할을 한다. 시인은 시어를 선택할 때 다른 문학 장르에 비하여 훨씬 더 많은 집중을 한다. 고심 끝에 선택한 시어를 어떻게 조합하고 배열하느냐에 따라 시의 느낌이 확연하게 달라진다. 시인은 탁월한 시행 배열을 통하여 운문으로서의 시가 지니는 특징을 잘 살려내고 있다.

한 사람의 일생을 동반한 만남이란 얼마나 '어마어마한' 것인가. 그런데 거기에는 "부서지기 쉬운/ 그래서 부서지기도 했을 마음"이 함께 오는 것이니 방문의 무게는 남다르다. 시의 후반부에 이르면 시인의 시적 사유와 감각이 더욱 두드러진다. 전반부에서 보인 돌올한 시적 사유와 감각이 더 심도 있게 전개된다. 그래서 문학적 밀도가 "그 갈피를/ 아마 바람은 더듬어 볼 수 있을 마음"에서처럼 한층 더 축적되고 있다.

한 권의 시집에서 좋은 시 한 편을 찾기는 쉽지 않다. 시력이 긴 시인들의 많은 시편 중에서 이른바 명시를 발견하는 일은 결코 간단하지 않다. 그래서 시인이면 누구나 울림이 큰 시나 오래도록 잊혀지지 않는 시를 쓰고 싶은 바람이 있다. 시 「방문객」은 만남에 대한 근원적인 성찰과 언어에 대한 예지적 감각을 통하여 서정적 완성도를 높인 명편이다. 독자는 이런 시를 읽음으로써 만남에 대한 의미와 가치를 생각해 보게 되고 시가 주는 감동에 전율하는 기쁨을 만끽하게 된다. 품격 있는 시는 읽을수록 존재의 날개를 더 높이 날아오르게 하는 힘이 있다.

봄길

정호승(1950~)

길이 끝나는 곳에서도
길이 있다
길이 끝나는 곳에서도
길이 되는 사람이 있다
스스로 봄길이 되어
끝없이 걸어가는 사람이 있다
강물은 흐르다가 멈추고
새들은 날아가 돌아오지 않고
하늘과 땅 사이의 모든 꽃잎은 흩어져도
보라
사랑이 끝난 곳에서도
사랑으로 남아 있는 사람이 있다
스스로 사랑 되어
한없이 봄길을 걸어가는 사람 있다

****

우리는 살면서 길을 찾아 나선다. 스스로 길이 되기도 했고 길이 되고 길이 될 것이다. 언제나 길 위에 서 있는 삶이다. 지나온 길에 대하여 회상하다 보면 후회할 때가 많다. 후회하지 않는 삶이 어디 있겠는가. 살다 보면 돌멩이에 걸려 넘어지기도 하고 내가 걸림돌이 되기도 한다.

우리 앞에는 수많은 선택의 길이 놓여 있다. 어느 길로 갈 것인지 고민하다가 시간만 흘려보내기도 한다. 고민 끝에 선택한 길을 가면서도 가지 못한 길, 가지 않은 길에 대하여 궁금해한다. 지금 가고 있는 길이 꽃 피는 봄길일 수도 있고, 녹음이 우거진 숲길일 수도 있으며, 칼바람 몰아치는 얼음길일 수도 있다.

길에 대한 묵상 가운데 스스로 "나는 길이요, 진리요, 생명이니"(요한복음14:6)라고 하신 분이 떠 오른다. 인생길에서 "내 발의 등이요, 내 길의 빛"(시편119:105)으로 이끄신 그분은 어떤 길을 걸어가셨는가. 아무 죄도 없이 십자가의 길을 걸으셨고 이루 말할 수 없는 고통을 이기시고 돌아가신 지 사흘 만에 다시 살아나셨다. 시인은 시의 시작 부분에서 선언적으로 "길이 끝나는 곳에서도/ 길이 있다"라고 한다.

예수님을 십자가에 못 박게 한 자들은 그분께서 영원히 돌아가셨다고 믿었다. 그러므로 그 길은 그들에게 이미

끝이 난 길이었다. 그런데 놀랍게도 예수께서 부활하심으로써 오늘도 내일도 영원무궁토록 삶의 동반자가 되실 것이다. 이어서 시인은 "길이 끝나는 곳에서도/ 길이 되는 사람이 있다"라고 표현한다. 믿음의 시각으로 보면 가능한 일이다. 예수님이 바로 그런 분이심을 시인은 믿고 있다. 신앙시의 진수는 직접적인 고백의 형태를 취하기보다는 이 시처럼 비유적으로 에둘러 표현함으로써 문학성을 담보하는 것이 더 깊은 감동을 불러일으킨다. 말하자면 서정시의 영역 안에서 창의적 상상력을 통하여 신앙의 순금을 아름답게 결합하고 있다. "스스로 봄길이 되어/ 끝없이 걸어가는" 누군가를 상상해 보라. 보통 사람들은 그렇게 할 수가 없다. 잠시 꽃길이 될 수는 있다. 하지만 어떻게 끝없이 봄길이 될 수 있겠는가.

시의 말미에서 시인은 담대하게 "보라"라는 명령형을 선택함으로써 독자의 관심을 환기한다. 그리고 "사랑이 끝난 곳에서도/ 사랑으로 남아 있는 사람이 있다"라는 미학적 수사를 통하여 오직 사랑이신 그분을 암시하고 있다. 인간은 한시적이고 유한한 사랑을 할 수밖에 없지만 "일곱 번뿐 아니라 일곱 번을 일흔 번까지"(마태복음 18:22) 용서하라는 그분이야말로 위대한 사랑 그 자체이시다. 더욱이 시인은 "스스로 사랑 되어/ 한없이 봄길을 걸어가는 사람이 있다"는 단호한 어조로 시를 맺으면서 '스스로 사랑'이신 그분을 강조한다. 라일락 향기 흩날리는 날, 생명의 빛이신 예수께서 봄길이 되어 맞아 주시리라. 내일부터 더 곡진하게 십자가의 길을 묵상하며 간절한 기도를 드려야겠다.

가을의 시

정희성(1945~)

이 자본주의 사회에서
살아 있다는 것만으로도
가을은 얼마나 황홀한가
황홀 속에 맞는 가을은
잔고가 빈 통장처럼
또한 얼마나 쓸쓸한가
평생 달려왔지만 우리는
아직 도착하지 못하였네
가여운 내 사람아
이 황홀과 쓸쓸함 속에
그대와 나는 얼마나 오래
세상에 머물 수 있을까

****

매화 가지에서 눈석임물 설핏 흐르던 봄의 향기 아슴아슴하고 여름 산의 푸른 이마도 사라진 풍경이 되었다. 이제 모두 다 사라진 것은 아닌 11월이다. 언제 울긋불긋 화려한 때가 있었나 싶을 만큼, 낙엽들이 잔뜩 몸을 말아 올린 채 떼를 지어 다닌다. 황홀한 순간이 지나면 쓸쓸하기 그지없는 허망이 찾아든다. 햇살을 한 몸에 받는 느티나무의 뒤쪽은 그만큼 긴 그늘이 드리워지지 않는가.

한 해를 돌아보면 잘한 일도 있겠지만 후회가 되는 일도 따르는 법이다. 어찌 늘 웃고만 살 수 있으며 그렇다고 울기만 할 수도 없다. 울고 웃으며 우리는 성과를 위해 질주하는 '피로사회'에 살고 있다. 재독 철학자 한병철 교수는 피로사회에서 현대인 스스로가 피해자인 동시에 가해자라고 갈파했다. 자본주의 사회 자체가 그런 모순을 지니고 있다. 과잉을 향해 치달으며 나를 돌아볼 여유를 찾지 못하기 때문에 피로는 점점 더 쌓여간다. 사람다운 것이 무엇인지, 무엇이 전정 가치 있는 것인지 잊고 싶고 아예 잊고 살아왔다.

이런 가운데 시인은 살아 있다는 것을 되짚어보며 가을이 얼마나 황홀한 계절인지 느낀다. 하지만 황홀 속에 맞는 가을을 제대로 감상하기도 전에 주머니가 비어 있다는 걸

알아차리고 만다. 차가운 바람이 쌩—몰아치는 현실이다. 평생 달려와도 도착하지 못한 길 위에 서 있다면 어찌해야 할까. 그냥 모든 것 포기하고 말 것인가. 아니면 '얼마나 오래 세상에 머물 수 있을까' 고민하며 머뭇거릴 것인가. 손등과 손바닥이 영원히 마주할 수 없이 아무리 힘주어 몸을 뒤틀어도 등을 제대로 바라볼 수 없다. 이게 삶이 지닌 어쩔 수 없는 면모이다. 시를 통해 시인은 가을과 삶이 지닌 양면을 공감할 수 있도록 자연스레 이끌어낸다. 시를 빚어내는 솜씨가 예사롭지 않다. 바깥이 몹시 쌀쌀하다. 어디선가 언 손을 모은 성냥팔이 소녀의 숨소리가 들리는 듯하다. 함께 잘 살아야겠다. 가여운 사람들이 줄어들 그날까지.

옥편에서 '미꾸라지 추鰍'자 찾기

천수호(1964~)

도랑을 한 번 쭉 훑어보면 알 수 있다
어떤 놈이 살고 있는지
흙탕물로 곤두박질치는 鰍
그 꼬리를 기억하며 網을 갖다댄다
다리를 휘이휘이 감아오는
물풀 같은 글자들
송사리 추鰕, 잉어 추鱣, 쏘가리 추鯞
발끝으로 조근조근 밟아 내리면
잘못 걸려드는
올챙이 거머리 작은 돌맹이들
어차피 속뜻 모르는 놈 찾는 일이다
온 도랑 술렁인 뒤 건져 올린
비린내 묻은 秋는 가랑잎처럼 떨구고
비슷한 꼬리의 鰕, 鱣 , 鯞만
자꾸 잡아 올린다.

****

어떤 새도 인간의 상상력만큼 높이 날 수 없다는 전위작가 테레야마 수지의 말이 떠오른다. 상상의 날개를 달고 어디든지 날아갈 수 있다고 생각만 해도 기쁘다. 상상의 힘으로 천국으로 가는 길을 걸을 수도 있고, 눈부신 오로라의 빛을 붙들 수도 있다. 어디 그뿐인가. 멀리 반짝이는 별들 사이를 오갈 수 있으며 우주의 끝자락이 어디쯤인지 짐작해 볼 수 있다.

수많은 직업군 중에서 상상력이 특별히 필요한 직업은 문학 작품을 쓰는 작가이다. 특히 시인은 몇 안 되는 언어를 짧은 형식에 담아 함축적으로 표현해야 하므로 탁월한 상상력을 지녀야 한다. 천수호 시인은 2003년 조선일보 신춘문예에 「옥편에서 미꾸라지 추鰍자 찾기」로 당선되면서 등단하였다. 오래전 그는 "뇌에도 주름이 있듯, 언어의 주름 사이에도 비의가 있을텐데 그걸 드러내고 싶은 시를 쓰고 싶다"라고 했다. 시인을 일컬어 언어의 연금술사라고 하는데 이런 칭호가 시인과 잘 어울리는 것 같다.

옛날 농촌에서는 폭염의 여름 한 철을 지나고 찬 바람이 불기 시작하면, 미꾸라지를 잡아서 추어탕을 끓여 동네 사람들이 다 같이 잔치음식처럼 먹었다고 한다. 미꾸라지는 가을에 영양이 제일 풍부해서 미꾸라지 추鰍자 대신 가을 추秋자를 써서 끓여 먹는 생선국이다. 더위에 지친 몸과 마음을 위로해 주는 시골 음식으로 추어탕만한 게 없다.

시인은 시골 도랑을 훑으며 미꾸라지를 잡는 생생한 경험을 옥편 찾기로 옮겨 온다. 미꾸라지 추鰍자를 찾기 위해 송사리 추鰄, 잉어 추鰱, 쏘가리 추鯞를 훑으며, 결국 가을 추秋를 가랑잎처럼 떨군다. 시 전체를 관통하는 이미지의 생동감으로 시를 읽으면서, 어느새 독자는 도랑에서 미꾸라지가 파닥거릴 때 튀어 오르는 물비늘에 눈길이 머무른다. 시인은 언어에 깃들어 있는 비의를 좇아 언어의 맛과 멋을 최대한 살려내고 있다. 이만한 상상력이면 우리 모두 가을 秋에 푹 빠지게 한다. 추어탕 한 그릇에도 가을이 그득한 것을.

오후가 길었다

천양희(1942~)

오후가 길었다

새들이 전깃줄에 앉아 있는데
나는 그것이 악보인 줄 알았다

세상이 시끄러우면 아버지는
줄에 앉은 참새의 마음으로
어린것들의 앞날을 염려하셨다

바람이 몇 번이나 풀들 사이를
지나가는지 세어 보았다

오동꽃이 할 말이 있는 것처럼 피었는데
나는 그것이 보루(堡壘)인 줄 알았다
세상이 시끄러우면 어머니는
지는 꽃의 마음으로
어린것들의 앞날을 염려하셨다

꽃 핀 쪽으로 가서 살거라

세상에 무거운 새들이란 없단다
우는 꽃이란 없단다

아무 말도 없던 것처럼 오후가 길었다

행복보다 극복을 생각하면서
서쪽을 걸었다

* 김현승의 시 「아버지의 마음」에서

****

　바야흐로 4차산업혁명시대이다. 이 시대는 사물인터넷, 빅데이터, 인공지능 등의 키워드로 대변된다. 2.5일이 지나면 새로운 정보와 지식이 우리를 놀라게 한다. 그만큼 변화의 물결이 엄청난 시대에 살고 있다. 그런데 시인은 시대와 무관한 듯 새들이 전깃줄에 앉아 있는 걸 악보로 생각한다. 생각한다기보다는 악보라고 상상함으로써 시상을 전개한다. 시인이기 때문에 가능한 시적 발상이다. 이런 독특한 상상을 하는 존재가 바로 시인이다.

　여기서부터 보편을 뛰어넘는 특수성이 시작된다. 시인만의 독창성이나 개성이 드러나는 시각이다. 4차 산업혁명시대에는 이와 같은 상상력이나 창의력이 무엇보다도 소중하다. 그렇다면 이 둘의 연관성이 무엇인지 궁금해진다. 예를 들면 작년에 인공지능 알파고는 이세돌 구단과의 바둑 대결에서 세간의 예상과는 달리 승리했다. 그리고 미국 IBM의 로봇 왓슨의 퀴즈쇼 인간 챔피언과의 대결에서 압승을 했다. 하지만 알파고가 퀴즈쇼에서 압승할 수 없고, 왓슨이 바둑 대결에서 이길 수는 없다. 그런데 이런 것을 연결하는 능력이 바로 창의력이고 상상력인 것이다.

　시인은 대상을 다르게 보거나 뒤집어보는 능력을 지니고 있다. "줄에 앉은 참새 마음"이 어떤 것인지 알고 싶어진다. "바람이 몇 번이나 풀들 사이를/ 지나가는지 새어보"는 눈이란 또 어떤 것일까. 시에서는 일상에서 있을 수 없는 일들이 일어난다. "오동꽃이 할 말이 있는 것처럼" 느끼는 시인의 마음을 헤아려 본다. 대상 너머의 세계를 꿰뚫어 보는 마음의 눈을 지닌 존재가 시인이다. 그러기에 시인을 세상이 어지러울 때면 아버지는 "줄에 앉은 참새의 마음으로", 어머니는 "지는 꽃의 마음으로" 자식들의 앞날을 염려한다고 한다. 독자는 이런 멋진 비유적 표현으로 인하여 상상의 나래를 편다. 시인의 참신한 상상이 독자를 즐거운 상상의 길로 이끈다. 계속 그 길을 가다 보면 "꽃 핀 쪽"에서 살 수 있지 않을까. "세상에 무거운 새들"도 없고, "우는 꽃"도 없다는 깨달음에 동참하는 축복도 있으리라. "아무 말도 없던 것처럼" 긴 오후, 그 시간의 궤도에 진입하고 싶은 마음이 꽃피어난다.

바람에게 밥 사주고 싶다

최금녀(1939~)

나무들아, 얼마나 고생이 많았느냐
잠시도 너희들 잊지 않았다

강물들아, 울지 마라
우리가 한 몸이 되는
좋은 시절이 오고 말 것이다

바람아, 우리 언제 모여
밥 먹으러 가자
이 세상에서 제일 맛있는 밥
한솥밥
우리들 함께 먹는 밥
먹으러 가자

압록강아,
그날까지
뒤돌아보지 말고
흘러 흘러만 가다오.

****

식구끼리 모여 오붓하게 식탁에서 밥을 먹는 모습이 흔치 않은 시대이다. 한집에서 함께 살면서 끼니를 같이 하는 사람이 식구인데 그렇게 하기가 쉽지 않다. 더구나 한솥밥을 먹는다는 건 더 어려운 일이 되었다. 가족이 따뜻한 밥 한 끼 함께 하는 게 이리도 힘들 줄이야. 이런 시대적 분위기 속에서 시인은 사람이 아니라 '바람에게 밥을 사주고 싶다'고 한다. 시인이 선택한 독특한 제목이 사뭇 눈길을 붙든다.

1연부터 화자는 나무들에게 말을 건다. 그동안 얼마나 고생이 많았는지 위로하면서 나무들을 잊지 않았음을 강조한다. 2연에서는 강물들에게 울지 말라고 다독이면서 "한 몸이 되는/ 좋은 시절"이 올 것이라고 단언한다. 이쯤 되면 독자에게 궁금증이 일어나기 시작한다. 왜 나무들과 강물들을 호명하고 있는가. 의인화된 나무와 강물의 이미지가 무엇을 의미하는가. 시의 원문을 자세히 읽어 보면, 화자가 오래전에 나무들·강물들과 헤어졌음을 알 수 있다. 또한 화자는 잘 지내고 있는데 나무와 강물은 좋지 않은 환경 속에서 고생을 많이 하고 있다는 것도 짐작할 수 있다. 예전에 살던 곳에 대한 간절한 동경이 시의 전체를 관류하고 있다. 3연에서 화자는 바람에게 "이 세상에서 제일 맛있는 밥/ 한솥밥"을 먹자고 한다. 그만큼 그곳에 가고 싶다는 함의가 있다. 마지막 연에 이르면 화자가 어디서 살고 있었는지 드러난다. 압록강이 있는 곳이니 북한 땅을 가리키고 있다.

고향에 대한 절절한 그리움이 시의 곳곳에 배여 있는 시이다. 나무와 강물과 바람에 대한 의인화 외에는 다른 수사적 장치가 없어서 시를 이해하기가 비교적 수월하다. 북녘에 있는 자연물은 그리움의 대상인 동시에 그곳의 가족과 친지 등을 지칭한다. 시인은 고향의 부모님, 친척, 친구들이 보고 싶다고 직설적으로 표현하지 않는다. 그 대신 나무와 강과 바람을 호칭하는 형식으로 의인화함으로써 통일에 대한 염원을 투명하게 형상화하고 있다. 시인의 진솔한 고백으로 빚어진 시가 독자의 가슴에 무현금을 켠다. 한솥밥 먹자는 따뜻한 전언, 그 속에 깃든 실향민의 아픔이 나와 그대의 아픔으로 다가온다.

배꽃 동산

최동호(1948~)

달빛이 환한

배꽃 동산

거짓말도 비밀도 다 아름다운

세상 너머 세상

배꽃 동산

****

벚꽃이 만개한 지 엊그제 같은데 하염없이 꽃잎은 떨어져 꽃가지 사이 머물렀던 마음 한켠이 허전해진다. 그런데 마침 하얀 배꽃이 피어나니 다시 마음밭이 환해진다. 거짓 없는 자연의 변화를 묵상하는 때, 보이지 않는 손길의 큰 힘에 감탄을 하게 된다. 겨울에는 눈이 내리지만 봄에는 배꽃 눈송이가 그득한 것을. 어둠이 서서히 내리고 난 뒤 달빛 그윽한 밤에 배꽃이 피어 있는 풍경을 상상해 본다. 하늘에는 별꽃이 반짝이고 땅에는 하얀 별들이 나뭇가지에 오종종히 매달려 있다. 비록 배꽃 피는 곳에 못 가 보더라도 어느새 아름다운 동산에 가 있는 듯하다.

시인의 눈은 지금 배꽃 동산을 바라보고 있다. 시인의 눈은 있는 그대로의 자연을 보는 것을 넘어, 자연 그 너머 초월의 세계에 가 닿아 있다. 〈생각하는 사람〉이라는 조각으로 익히 알려진 프랑스 조각가 로댕은 작품에 생명과 감정을 불어넣어 예술에 자율성을 고취시켰다. 그는 영원한 진실은 "자연을 사랑하는 마음"과 "성실"이라고 했다. 그런 점에서 시인은 자연을 사랑하는 마음의 눈으로 배꽃 동산에 내재되어 있는 내면적 진실을 캐낸 것이다.

이 시는 1연 5행의 짧은 형식으로 구성되어 있다. 어떤 화려한 미학적 장치가 없다. 그저 달빛 환한 밤과 배꽃 동산이 묘사되어 있다. 여기서 주목할 만한 시행은 "거짓말도 비밀도 다 아름다운"과 "세상 너머 세상"이다. 창조주의 섭리로 이루어진 순수한 자연 앞에서 시인의 통찰력이 빛을 발하는 부분이다. 배꽃과 달빛이 만난 눈부신 서정의 순간은 거짓도, 비밀도, 그 모든 것을 포용하는 절대적 아름다움이 탄생하는 순간이다. 바로 이때 시인은 자연과의 합일을 통해 평정과 고요 속에서, 풍경 너머 비의의 세계를 발견하는 진실과 마주하게 된다.

배꽃의 꽃말이 위로와 위안이다. 감정이 극도로 절제된 시를 읽으며 어수선한 마음이 편안해진다. 배꽃 마을 순백의 아름다움과 배꽃을 피우시고 달빛을 내리시는 한 분의 손길을 어렴풋이 느끼는 기쁨이 밀려온다. 꽃 지고 나면 긴 인내의 시간 뒤에 둥근 열매 풍성하리라.

긍정적인 밥

함민복(1962~)

시詩 한 편에 삼만 원이면
너무 박하다 싶다가도
쌀이 두 말인데 생각하면
금방 마음이 따뜻한 밥이 되네.

시집 한 권에 삼천 원이면
든 공에 비해 헐하다 싶다가도
국밥이 한 그릇인데
내 시집이 국밥 한 그릇만큼
사람들 가슴을 따뜻하게 덥혀 줄 수 있을까
생각하면 아직 멀기만 하네.

시집이 한 권 팔리면
내게 삼백 원이 돌아온다.
박리다 싶다가도
굵은 소금이 한 됫박인데 생각하면
푸른 바다처럼 상할 마음 하나 없네.

****

사람이 꽃보다 아름다워라는 노래가 잘 어울리는 시인이 있다. 마흔이 훌쩍 넘도록 집과 아내와 아이가 없어 일명 삼무三無로 살았다. 그러다가 몇 년 전 시쓰기를 배우는 여성과 결혼하여 가정을 꾸렸다. 강화도 남쪽 강화군 화도면 동막리가 그의 보금자리. 물때에 맞춰 배를 타고 나가 고기를 잡기도 하고 뻘밭에서 소라, 낙지 등을 잡으며 살았다. 혼자 살다 죽으면 우편배달부가 발견하겠구나 싶은 생각도 들었다고 한다.

지독하게 가난하게 살았고 지금 형편이 좀 나아지기는 했어도 여전히 가난이 꼬리표처럼 따라다닌다. 하지만 그런 가난 속에서도 그는 희망의 불씨를 지피는 시인이다. 이 시는 "긍정적인 밥"이라는 독특한 제목이 주의를 환기한다. 한 편의 시가 탄생하기까지 수많은 고통의 시간을 견뎌내야 한다. 그렇게 해서 완성된 시 한 편이, 한 권의 시집이 홀대받는 사회 풍토를 빗대어 은근히 풍자하고 있다. 그런데 비유의 대상이 쌀 두 말이거나 한 그릇의 국밥이거나 굵은 소금 한 됫박이니 얼마나 뭉클한가. 여기에 이 시의 묘미가 깃들어 있다. 시행 사이의 낯선 여백, 참신한 이미지, 시어의 함축적 비의 등이 시의 밀도를 높이거나 긴장미를 견인한다. 그러나 이 시는 그런 시적 장치가 없음에도 진한 울림을 준다. 비록 어렵고 힘든 생의 한가운데 있으면서도 가난을 미워하지 않는 시인의 따뜻한 시선에 그 열쇠가 있다. 그러기에 시인의 마음은 "푸른 바다처럼" 결코 상하지 않는다.

　세찬 바람이 불기 시작하는 겨울의 초입이다. 폴 발레리의 "바람이 분다… 살아야겠다!"라는 시구가 떠 오른다. 바깥에도 바람이 불고 마음의 길에도 바람이 분다. 뜨끈한 국밥을 먹어야겠다는 생각이 간절하다. 따뜻한 시는 감동을 넘어 위로가 되고 등불이 되며 진정으로 소통하게 한다.

투명에 대하여 23
― 눈물이 섞여서

허영자(1938~)

까만
아프리카 소녀

배고파서
혹은
두려워서
우는 네 눈물이

검은 색이 아니고
투명하다

함께 슬픈
황인종의 울음
내 눈물이

노란색이 아니고
투명하다

눈물이 섞여서

서로 껴안는
하나가 되는 투명이다.

****

러시아 문호 톨스토이는 "한마디의 말로도 사람들을 하나로 모을 수 있다"라고 했다. 그는 그 이유에 대하여 진실함과 단순함처럼 사람들을 하나로 모으는 것은 없기 때문이라고 한다. 시인의 시 「투명에 대하여」가 바로 좋은 예에 해당한다. 투명하다는 것은 유리나 구슬이나 물 같은 것이 속까지 환히 비치는 경우를 말한다. 시의 제목이 "투명에 대하여"인데 시의 내용도 투명하다. 화려한 수사적 기법이 있는 것도 아니고 난해한 시어가 사용된 것도 아니다. 이 시는 그냥 읽으면 읽을수록 마음이 편안해진다. 그것은 단순함 속에 진실함이 내포되어 있기 때문이다.

피부색이 까만 아프리카 소녀가 흘리는 눈물이 검은색이 아니고 투명하다는 시인의 발상이 참신하다. 일상 속에서 늘 보고 듣는 대상이지만, 시인의 눈을 통해 평범한 일상이 특별한 것으로 탈바꿈한다. 즉 독일 시인 횔덜린이 시인의 눈길이 닿으면 일상의 사건이 역사가 되고, 손길이 닿으면 삶의 속됨은 신화가 된다고 한 것과 동일한 맥락이다. 시인은 마음의 눈으로 대상을 바라보고 밝은 귀로 대상을 듣는 존재이다. 이 시가 그렇다.

아프리카 소녀가 눈물을 흘리는 이유가 굶주림과 어떤 두려움 때문인데, 그 눈물이 검은색이 아니고 투명하다고 보는 개성적인 시선으로 인해 시의 묘미가 살아난다. 눈물을 흘리는 흑인 소녀를 바라보는 시인의 긍휼함이, 그의 슬픔에 동참하게 하고 함께 눈물을 흘리게 한다. 여기서 흥미로운 관점이 황인종인 시적 화자의 눈물도 노란색이 아니고 투명하다고 바라보는 것이다.

시의 압권은 마지막 연에서 나타난다. 황인종과 흑인종의 두 "눈물이 섞여서 서로 껴안는" 아름다운 풍경이 전개되고 결국 하나가 되어 투명으로 수렴되는 것이다. 글을 보면 그 사람의 인품을 알 수 있듯이 시를 통해 시인의 품과 격을 느낄 수 있다. 맑고 깨끗한 영혼을 지닌 시인이 대상에 대한 깊고 그윽한 시선으로 사랑시의 새로운 지평을 열고 있다. 얼마나 오랜 시간 담금질해야 이토록 맑고 깊은 감성의 결을 지닐 수 있을까. 섬세한 서정의 결 고운 날개로 시리도록 높푸른 하늘 기슭에 닿을 것만 같다. 늦가을의 길목에서 포근한 시로 마음밭이 훈훈해진다.

영혼의 눈

허형만(1945~)

이태리 맹인가수의 노래를 듣는다. 눈먼 가수는 소리로 느티나무 속잎 틔우는 봄비를 보고 미세하게 가라앉는 꽃그늘도 본다. 바람 가는 길을 느리게 따라가거나 푸른 별들이 쉬어가는 샘가에서 생의 긴 그림자를 내려놓기도 한다. 그의 소리는 우주의 흙냄새와 물냄새를 뿜어낸다. 은방울꽃 하얀 종을 울린다. 붉은점모시나비 기린초 꿀을 빨게 한다. 금강소나무 껍질을 더욱 붉게 한다. 아찔하다. 영혼의 눈으로 밝음을 이기는 힘! 저 반짝이는 눈망울 앞에 소리 앞에 나는 도저히 눈을 뜰 수가 없다.

****

광야에 길을 내시고 사막에 강을 내시는 분이 계신다. 누구도 직접 만난 적이 없다. 그런데도 늘 우리 곁에서 보이지 않는 손길로 이끄신다. 삶에서 눈에 보이는 것은 빙산의 일각일 뿐 보이지 않는 것들이 대부분이다. "보이는 것들은 일시적이지만, 보이지 않는 것들은 영원하기 때문이다"(고린도후서 4장 18절)는 말씀이 떠오른다. 눈에 보이는 모든 것들은 유한하다. 하지만 보이지 않는 본향이 있다는 믿음의 눈으로 살아갈 때, 영원성에 연결되고 기쁨과 감사가 넘치게 된다.

이 시는 시인이 맹인 가수의 노래를 듣고 받은 감동을 표현한 것이다. 눈먼 가수가 부르는 소리의 힘은 대단하다. 맹인 가수는 그 소리로 "느티나무 속잎 틔우는 봄비"를 보기도 하고 "미세하게 가라앉는 꽃그늘"도 본다. 그뿐만이 아니다. "바람 가는 길"을 따라가기도 하고 "푸른 별들이 쉬어가는 샘가에서 생의 긴 그림자를 내려놓는" 삶을 살아가기도 한다. 비록 눈이 멀어 볼 수 없지만, 그 가수는 눈을 뜨고 있는 자가 눈을 뜨고도 못 보는 것을 보는 능력을 지니고 있다.

시인은 단순히 노래만 들은 것이 아니라, 그 소리의 힘과 그 속에 내재한 본질을 포착한 것이다. 아울러 그런 소리를 내는 가수의 영혼의 눈과 마주친 것이다. 맑고 밝은 마음의 귀를 지닌 자가 아니고서는 이런 비밀을 캐낼 수가 없다. 시인의 상상 공간에서 이루어진 신비한 만남으로 가수의 소리가 놀라운 파급력이 있다는 걸 알 수 있다. "우주의 흙 냄새와 물냄새를 뿜어내"기도 하고 "은방울꽃 하얀 종"을 울리고, "붉은점모시나비 기린초 꿀을 빨게"도 하며 "금강소나무 껍질을 더욱 붉게"도 한다니 얼마나 탁월한 시적 상상력인가.

산문의 형태를 띠고 있는 시 속에 본질을 파악하는 시인의 예리한 통찰력이 깃들어 있다. 독일 작가 한스 카로사가 "인생은 만남이다"라고 했는데 시인과 가수의 만남, 소리와 생물·무생물의 만남으로 시가 아찔하고 독자도 아찔한 황홀에 든다. "영혼의 눈으로 밝음을 이기는 힘" 이것이 축복의 길이고 믿음의 열매인 것을….

황금알 시인선